メリークリスマス

半世紀以上もの月日が目の前を瞬く間に過ぎていった。今時の若者のように眩しい時も少ないまま……

いつの間にか生活が人生となり、色褪(あ)せ渇いた日常は、否応なく今も続いている。

廉(れん)と凜(りん)は、二卵性双生児で生まれた。

そして、廉の引き込もりはゆうに〝三十年〟を越える。

いつものように急な角度の階段下。その日はクリスマスイヴ。皿に　を置いた。薄暗い部屋にひとり、その耳は敏感に階段下の物音に反応す　とんとんとん……、二階から力ない足音でゆっくり降りてくると、　屋に戻る廉。すると突然、大きな叫び声が部屋中に響きわたった。私は　げる。

「メリークリスマス！　メリークリスマス!!」

確かに二回、廉の叫ぶ声が聞こえた。

息を潜め死んだように暮らす廉が、

(俺はここに生きてるんだ！) そう訴えるかのように叫んでいる。

傷のかけらを抱えて今もひとり渇いた涙を流しながら。

私は何も出来ず……無力だった。

生まれ

高度経済成長期─世の中は活気付きみんなが希望で満ちあふれるなか。

翌年には東京オリンピックを控え、日本中が浮き足立っていた。

ありふれた平凡でごく普通の家に、廉(れん)と凜(りん)、男女の双子が生まれる。

九月四日、小柄な母は大変な難産で二人が生まれるまでそれは苦労したそうだ。生まれて間もない私達がダンボールに入れられた白黒写真が、今も残っている。同じ顔の赤ん坊は、眉間にシワを寄せ大人びた渋い表情をしていた。自分を見る不思議な癒し。

「九月四日だなんて、本当に苦労しどうしね」母が度々冗談混じりに呟くせいで心配性の私は、不吉な想いをずっと抱えたまま大人になった。

九─四、苦しむ、急死……頭から離れずに考えすぎだとどれだけ振り払っても、誕生日を手離しで喜んだ事など、一度もないような気がする。

三つ子とは比べものにならなくても、それでも双子は特別だ。一人で家事をしながらオムツ替えやミルクの準備、赤ん坊二人の世話は相当忙しかったと思う。心から感謝を込め

て、
「ありがとう、お母さん」

父と母

うちの父は典型的な九州男児。食事は正座。父が初めに箸をつけてから、父の号令によって始まる。一番風呂は父からと決まっていた。

父は家族にこそルールに従わせ厳しかったが、自分一人が楽しむ事は何でもやった。

陽気な父は仕事さえ楽しんでいる。酒・煙草・パチンコ・スキーにゴルフ、釣りに盆栽。

好奇心旺盛で、それこそ流行

父と母

りのものは何でもやった。ボーリング・日曜大工・伝書鳩まで飼って育てた。

　とにかくのんびりなんかしていない。せっかち者で決して器用とは言えないが、家族の為に犬や猫を飼い、ちょっとした日曜大工で棚や本箱も手作りしてくれた。豊かな自然はあっても物は少なくまだ貴重だった時代。

　広く浅くの父の能力は、伝書鳩を大空に旅立たせていく。父が手作りの鳩小屋は日に日に戻らない鳩によってその広さを際立たせた。父は落ち込んでいる、笑ってはいけない。休みの日は白シャツにステテコ姿で家中をうろうろと歩き回った。冬は定番の半てん。幼い頃は、その煙が不快なものとは知らずヘビースモーカーだった父は、ショートホープを口にくわえ吐き出す煙で輪っかを作っては私を喜ばせた。口いっぱいに煙を吸い込んで人差し指でほっぺを〝ポン、ポン、ポンッ〟とつついてみせる。父の口元からひとつ、ふたつ、みっつと煙の輪っかが飛び出すと、空中にぼあ〜んとうずを巻き舞い昇った。「パパすごい！　手品みたい」きゃっきゃっと飛びはねながらすぐに消えゆく煙に触れる廉と凜の小さな手。

　酒好きの父「うまい酒を呑む為に働くんだよ」正直者だ。家にしょっ中仲間を呼んでは宴会騒ぎ。常に笑顔を絶やさずに準備やもてなしをする母は、いつも大変だっただろう。廉と凜は隣の部屋で、大人達の騒ぐ笑い声が子守唄となって眠りにおちた。

　田舎者の素朴な母は、控えめに愛想をふりまく可愛い人だ。何より父に従順だった。せわしなく台所と居間を行ったり来たり、休みなく家事をこなす。母もまた要領が良いとは言えないが間違いなく働き者。外に出ない日でさえ毎日化粧を欠かさなかった。髪を巻き花柄のエプロンを毎日替えるおしゃれな母は、いつもおしろいや石ケンの良い匂いがしていた。

今になって思うのは、ただただ優しいだけで、賢さのかけらもない愚かだった母。父の言いなりで子供より自分の評価の方が大事とさえ感じさせた。

それでもひたすら暮らしに追われ双子の私達を育ててくれた事にかわりはない。

―大好きなお母さん―母の出来の悪さが私達を気楽にさせる。男兄弟の中厳しい母親に育てられた父にとっても、そうだったに違いない。母は家中、緩急の調和を保ち、父にはない母の安らぎ。みんながくつろげる存在だった。

母は大好きな花柄で、せっせと部屋中の飾りつけを怠らない。

布地を買ってきては、カーテン・カバー・ブラウス・スカート・家族の浴衣。足踏みミシンを上手に操って、ギコギコ～バタンバタン、タッタッタータタタタァ～。

色白で小柄な母に、花柄の服は本当に良く似合っていた。〝女の子〟というだけで似合わない私にも、花柄で散々埋め尽くされて……

大人になった私は、無地で地味な服ばかり好んで着るようになる。

幼少期

スキンシップとは縁のない昭和の家族。我が家も例にもれず親の言う事は絶対服従。

父が家にいる間は、どこか固苦しく落ち着かなかったけれど当時の自衛官は道路の整備拡張や訓練などで、一年の半分を留守にする。

「だからやってこれたのよ」母はそう言って笑った。父が出かける度に双子は羽を伸ばす。優しい母の側でのんびり居心地の良い時間を過ごした。豊かとは言えなかったけれど充分幸せだったセピア色のあの頃。

父がいれば好きなテレビは見られない。子供優先の今とは随分違う。ゴルフ・野球・相撲にニュース……。小さい子には実に退屈だ。

食事の支度が整うと、両手で箸を挟んだら父の号令に合わせ「いただきまーす」いつものルーティーン。食事中、廉と凜がちょっとでもふざけたりすると、一メートル程の木の定規でピシッ。父の愛のムチがとぶ。

朝の日課は家の周りのランニング。玄関のはき掃除と靴を揃えるのは双子担当。

冬は水が氷のように冷たかったけれど茶椀洗いのお手伝いもすすんでやった。自分の服は自分で畳む。こういった役割分担は大人になっても自然と身に付き役に立っている。

まるで自衛隊の訓練のように、廉と凜は規律正しく育てられた。

一週間に一度の家族会議。それぞれ母までが（笑）自分の目標と一日一善を父に報告。出来なかった事があればその理由と反省を述べるまで、憂鬱な会議は終わらない。

〈小学校まだ入学前〉かけ算九九を父から教わり、間違えずに言えるようになるまで、二人は暗い玄関に立たされた。当時、ドラマでもアニメでもスポ根ものが流行り、我が家もその流れにのってスパルタ式スタイルだ。

「ににんが4、にさんが6……、廉お腹すいたね」夕飯はまだ食べさせてもらえない。食いしん坊の凜は集中出来ずにため息をつく。

すると母が（父に見つからないように）そっと握りたてのおにぎりを二人の前に差し出した。「早く食べちゃいなさい、頑張るのよ」温かい海苔まきおにぎり。「ワァ～♪」廉と凜は口いっぱいおにぎりを頬張った。

今も幼かったその時の情景が頭に残る。

辛い記憶ではない、幸せな思い出として。

厳しかった父の躾のおかげで、一見周りの人からは、礼儀正しいしっかりした子に映っていただろう。

＝はじめて家に電話機がやって来た！＝

黒びかりした姿に惹きつけられ、興奮気味に丸いダイヤルを大将（父）が慎重に回す。

ジコー、ジィー、ジッジー、ジコジコー……プルップルルル、プルルルウ～

電話機を取り囲む我がチーム、緊張の中静かな輪の中で耳を澄まし固唾をのんだ…「もしもーし」その機材からはっきりと漏れ聞こえる人の声に家族総出ではしゃぎながら歓声を上げた。

=洗たく機の脱水は手動のロール式=

洗い終えると母は決まって子供達を呼ぶ。

「廉、凜、手伝って！」廉と交代で一枚ずつローラーに挟んでタオルやシャツを絞り出していく。娯楽の少ない時代、暮らしのあちこちが楽しい遊び場だった。但し、この絞り出しは〝冬お断り〟夏限定で。

色褪せて尚全てが記憶の中に並んでいる。

風鈴の音色・浴衣に水風船・蚊取り線光の煙、畳の匂い。扇風機に顔を近づけ声を出す。〝あぁ〜〜〟色違いの傘と長靴。

夏、大好きなかき氷はメロンとイチゴを半分ずつ、必ず半分こにして食べたよね、廉。てるてる坊主は笑ってる顔しか作らなかった。優しい廉がおこった顔は見たくはない、泣いてる顔は可哀想だと言うものだから。

冬は石油ストーブと半てん。みんなまん丸になって寒さ対策、当時は関東も雪が多く雪だるまはもちろん、かまくらだって毎年創れた。シンシンと雪が降る中コロコロに着込んだ二人は真っさらな雪の上に寝転んで空を見上げる。廉と一緒ならどんなに寒くたって平気だ。

＝幼稚園＝

新しい制服にベレー帽。廉は星組、凜は花組。同じクラスになれなくて凜は初日からテンションが上がらない。暇さえあれば廉のクラスを覗きに行ってその姿を探す。帰りは母が自転車に乗って迎えに来た。小さな身体で前と後ろに子供を乗せては走れない、チャリを押しながら歩く母を真ん中にして右に廉、左に凜。

先生や友達の話をしながら楽しくおしゃべり。「ほら危ないから前をよく見て！」　母に何度も叱られながら。

母が買ってきた色違いのセーターは廉が迷わず赤を選び私は青を着る。母は「困ったわね」と苦笑い。

周りの人は男女の双子と聞くと決まって廉と私を間違えた。それほど廉は女の子のように可憐な男の子だった。生まれた時病弱だったせいで、特に目をかけて廉を大事に見守る母。色白の肌、肩まで伸ばしたさらさらの黒髪、外で遊ぶ事より部屋の中で絵を描いたり、本を読んで静かに過ごす事を好んだ廉。女の子の凜はひと回り体格が良く陽にやけた褐色の肌、髪はまるで男子のようにさっぱりと刈り上げて活発に走り回った。それゆえ生傷がたえず母は呆れながら「女の子のくせに傷でも残ったらどうするの。逆だったら良かったのにね」と愚痴をこぼす。私は舌を出しておどけてみせると、その様子をうれしそうに眺める廉は、私と目を合わせて一緒に笑った。私もきれいな廉が好き。穏やかで優しくて自慢の兄、廉の事が心配でいつも気になってばかり。弱々しくて誰にもいじめられたりしないように、ある日凜は誓った。

「廉は私がずっと守ってあげる」そう言って指切りした約束を今も忘れない。

「指切りげんまん嘘ついたら針千本の～ます、指切った」幼い双子の世界は優しい陽射しに包まれていた。

＝雷が鳴り響く＝（エピソード）

私達はきゃあきゃあ騒ぎながら部屋の明かりを消しに急ぐ。手をつないでひとつの布団に潜り込むと、そっと顔だけ覗かせる廉と凜。目の前のガラス戸は二人の貸し切り舞台となって（ゴロゴロ～～、ビカッピカピカッ、ドカーンドドド、ドーン!!）

「きゃー怖いっ～～」思いきり大声を出してワクワクどきどき……、二人きりの特等席で強烈な稲妻ライブの観賞だ。両手でしっかり耳を塞いで。両親不在、お留守番の日。

お祭りや縁日は待ち通しくて、決して外せない楽しみのひとつだ。祭りの前日は必ず、笑顔のてるてる坊主を軒下にぶら下げて、

「雨が降りませんように……」手を合わせ二人で祈りを捧げる。幼い子供はまだ〝神〟を信じた。

「神様、お願い！」何回そう呟いた事だろう。色違いの浴衣に用意した下駄を履いて、跳び跳ねるように〝提灯が並ぶ夢の世界〟へ二人は急いだ。

＝金魚すくい＝（エピソード）

小銭を握りしめ廉と凜は順番を待つ。大きな四角い水槽にひしめき泳ぐ金魚達。一際目

を引くのは黄金色のフリルをゆらゆら優雅に～可憐に泳ぐ金魚姫、大きな目をした黒デメキン。その他大勢の和金の群れが右往左往しながら泳ぎまわる。ホントは大きいのが欲しいけど、ここは手堅く和金狙い、失敗は許されない。二人一緒に可愛い和金を合わせて五匹。家に連れて帰った。

準備したバケツに入れて満足しながら、そっくりな五つ子に名前をつける。

「ねえ廉、〝さしすせそ〟にしよう♪」

「でも、どの子がさーちゃん？　しーちゃんはどこにいる？　すーちゃんは？　えっとね……せーちゃんとそうちゃんはきっとこの子達」

金魚のおうち〝さしすせそ〟を飽きずに眺めながら、家の中は賑やかだった。

＝りんご飴＝（エピソード）

艶やかに光る真赤なりんご飴。どうしても買ってほしくて母に何回おねだりしても、「ダメよ。あの赤い色はね合成着色料を使っているから身体に悪いの。他のにしてちょうだい」そう言って決して買ってもらえなかった。罪悪感を植え付けられても尚、惹きつけられるりんご飴、そのせいか、りんご飴を目にする度にあの頃の切ない想いが蘇り、りんご飴に執着するようになっていた。

縁日に行く度に私は今も、食べもしないりんご飴を買って満足している。

＝青い空＝（エピソード）

晴天の青空、冷んやりそよ風が吹く近所の空き地。廉と凜は手をつないで空を見上げた。

どこまでも広がる青空一面に、真白な綿菓子雲がふわふわ風に流されて、その姿をゆっくりと変えていく。

「廉、見て、あそこに恐竜がいるよ！」

「ほんとだぁ、わあ大きいな。凛、こっちのは？　ほらあそこ、ソフトクリームに見えない？」

精一杯背伸びをして手を伸ばしながら廉が言った。「凛、待ってて、今僕が取ってあげる」モグモグモグ、エアソフトを食べながら二人は首が疲れて飽きるまで空を眺めた。

ゆったり時が流れる、穏やかな日。

二卵性双生児でも廉と凛は、まるで一心同体のようにテレパシーを感じ合う事が度々起きた。同じ呼吸でぴったりと同じ話題が口から飛び出す。思考が似てるからなのか……それが不思議で面白くて……目を合わせて二人はふふふ。肩を上げ首をすくめながら同じ顔で笑った。

廉の体調が悪い時、私もどこかおかしくて健康だけが取り柄の凛は、側にいない廉を案じる。体育の授業で廉が足を痛めた時は、私も足がつってしばらく歩けなかった。

双子はやっぱり特別なんだ。不思議と驚く程通じ合う連鎖を感じながら、幼い頃は特に強かったような気がする。大人になり鈍くなった今は何も感じない。それが少し寂しくもある。

家の中はお揃いがふたつ。小さい頃から当たり前の風景だ。何でもふたつ。

服・靴・カバン・タオルにコップ。ヌイグルミも貯金箱もふたつずつ。

大人になっても廉と凜は、気に入った物を色違いで必ずふたつ、買い揃えるのが習慣になっていた。その小さなこだわりは今も変わらない。ふたつ並べる事でバランスがとれて心が落ち着く。

小・中学生の頃

昭和の父は躾に厳しく、煩さく言うわりに、子供の教育には無関心だった。いや、お金がかかる事にはと言った方がしっくりくる。給料の仕分けは父の価値感で決まる。父の意見は絶対でそれに従い、口答えなど許さない。必要な物は買ってもらえても欲しい物は「我慢してね」「後でね」が多かった。

優しいと周知の母はいつもただ心配するばかりで、その姿を人に見せる事を意識した。これこそが親の愛情だと疑わない。

「あれはしちゃ駄目、これもだめ。危ないから、遠いから、お金がかかるから……ダメだめ駄目」結論を考える母ではない、頭ごなしだ。幼少期からすでに子供の自主性は奪われていた。行動は制限され二人は無力と化し、もう諦めるしかない。（どうせ言ったところで無駄だと悟り）ずい分昔から言わなくなっていた。持つ者と持たざる者。

子供の頃は何の〝武器〟を持てない自分が悔しかった。ピアノを弾く子や英語を話せる友達、お誕生会に招待してくれる母親、家族旅行、カラフルな文房具……自分と違う、装飾を施す友達が羨ましくて近くに住む別の世界に憧れた。気付かれないようひっそりと。

人生をより豊かにする為の教えなどひとつもなかった。自身で切り開くものだという事すら分かっていなかった。ただ親の言う事を真面目に聞いて大人になった。世間に迷惑をかけないように、危険な場所には近付かないように、そんな事ばかり煩さく教え込まれて狭い世界の中で、窮屈に生きてきたような気がする、そういう意味では子供の頃から疲れきっていた廉も私も。

二人は親の目が行き届く手の内に置かれてまさに〝箱入り〟。なのに慈しみ大事にされていると感じた事はない。聞き分けがよく素直で大人しい二人に、両親は満足していた。私の楽しみは、町内のソフトボールや体操教室、中学に入るとテレビアニメの〝アタックNo．1〟や〝サインはV〟の影響を受け、バレーボール部に入部。仲間も出来て夢中で練習に励んだ。鮎原こずえになりたくて。

＝嘘＝（エピソード）

中学に入ってからも、廉と凜は仲良くお喋りしながら、ひとつのテーブルでそれぞれ宿題をする。美術の課題、絵心があり得意だった廉、肖像画の取り組みに悪戦苦闘の私に代わって迷いのない集中力で素早く仕上げていく。流石、肖像画と言っても決して無難なタッチではない。独創的な絵だった。「へぇーっすごいな」

小じんまりと枠におさまりつまらない表現しか出来ない普通の私とはどこかが違う。廉のその豊かな才能は枠をはみだし、想像をふくらませた。自由で伸びやかな発想が湧き出るようで、廉の描く絵はどれも魅力的だった。

でも身内の私がどんなに感心したところで〝宝の持ちぐされ〟は環境次第で誰にでも起こり得る。環境・才能・運が揃う事はこの時代まだまだ奇跡だった。絵の提出もおえてすっかり忘れていた頃……、〝私の描いた絵〟がコンクールに応募され入選する。本来なら嬉しいはず。でもどうしようは当然の報いだ。私は美術の先生に呼び出された。

「君の作品を他のコンクールに出してみたいんだ、テーマは自由で良いからもう一枚、別の絵を描いてくれないか」

嘘をついた後ろめたさで頭が真っ白になった、表情もくもっていたはずだ。途方に暮れ

凜、中学生。父部隊での表彰式

ながら急いで家に戻り、廉が帰るのを待ち構えた。

「仕方ないよ、事実を話して先生に謝るか、次の絵を凜が仕上げるか……。僕も安易に手伝って悪かった」

入選となった今、まさか正直には話せない。

歪んだ道も前に進むしかなくなって、廉のタッチを真似しながら必死に仕上げた渾身の一枚。でも先生の目はごまかせなかった。

落胆した顔で……一瞬期待した才能は思い違いだったと今、目の前で私に失望している。

もしこの時、廉の描いた絵だったと本当の事を話せていたら……。人の期待に応えられない自分への苛立ち。嘘つきの代償はホクロ程の痛みとなって未だに染みついている。本物にはなれない。偽る必要もない。自分らしく自分を生きるべきなのに。

廉の豊かな才能を伸ばせる環境がもしあったらと、想いを馳せる。昔の廉はクレヨンでも絵の具でも色どり鮮やかに、暇さえあればたくさんの絵を描いていた。なのになぜ今、色のない闇に埋もれるように生きているのか。


母の言葉が私を造った。幸いＤＶといった過酷な境遇とかけ離れていても……だ。

「うちの子は出来が悪くてね」そう笑って人に言うのは母の口ぐせで、悪気はない。ある意味、日本人特有の謙遜（けんそん）だったかも知れない。

深く何も考える事なく嬉しそうに喋っていた。賢くはなくても私は学級委員や生徒会にも参加して、成績もそう悪くはなかったはずだ。なのに何故母は私を守らず貶（おとし）めるのか……。それはただの世間話なんだと気にせずさらっと聞き流すべきだった。でも染み出た感情はコントロール出来ない。どう頑張っても親から褒めてはもらえなかった。「うちの子はダメでね」人前でそう言われる度に、私は自信を失くしていく。

＝凜はだめな子＝私は今でも自分を肯定出来ずに生きている。廉もまた同じだろうか。父は家に客を招いては陽気に騒ぐのを楽しんでいた。母の目を気にする事はあっても子供は常に格下だ。教育は自由という名の放任主義。父が人に語る二番煎じの理想は詭弁としか思えなかった。

父も母も自分の立ち場を守っていくだけで精一杯だ、責めてる訳じゃない、それがただの現実、世間体を気にしながら家族を取り繕う。親の有り様は廉と凜を同じ人間にするだろう。

錆びついた能力はないのと同じだ。私達二人は安物の既製品になっていった。いつからだろう……、卑屈な私は〝すいません〟が口癖になり、本来ことばが持つ〝すいません〟の価値を希薄にしていく。

半分大人の高校生

女に学は必要ない。愛敬だけで充分だ。父が私にそう言った。今ならモラハラで訴えられている。昭和の男。凛は商業高校に、廉は工業高校に進学。日頃から父との距離感は承知の上だが、進学の希望でさえ自由はなかった。いや強い信念さえあれば説得出来たかも知れない。聞いてもらえるはずがないとはなから決めつけて親任せのまま、人生の岐路となる大事な選択を間違えた。

本当は大学に行ってみたかった。窮屈なこの家を出て華の女子大生に。人並みに単位をとって、外の世界を自由に謳歌したかった。自分を奮い立たせる刺激的な哲学や、人にふれながら、そこには運命的な出会いも必ず待っているはず。いいなぁ～、ワクワクするっ。

なのにどうして、商業高校なんて。就職に有利なのは承知だけれど、数学は苦手、計算も億劫（おっくう）、こずかいのやりくりさえ下手な自分に、向いてるはずがない。

白黒はっきりさせる世界より人それぞれ違う答えが許される場所に、身をおきたかった。自分らしく生きる為心地良い場所を探す旅に出てみたい。哲学を学び生きるとは、愛するとは何かを模索しながら、生き抜く力を身につける事が出来たら…。

こんな上辺だけの浅はかな表現で親を説得出来るだろうか。無理だ。喉（のど）まで出かかった言葉を呑み込む、親にさえぞんざいに扱われてきた。兄と私の繊細さなんて、きっと誰にも分からない。

＝**通学**＝当然憂鬱な日々は続いた。毎日毎日ソロバン弾いて簿記だ帳簿だと頭が痛い。小さい頃からソロバンを習っていた子と一から始める自分が、同じレベルで進めるはずがない。

ソロバンを正確かつ優雅に弾くセンスもまた、私にはなかった。

途方に暮れてへこんだところで、制服も誂え学校も始まってもはや手遅れ。編入してやり直せたら……、そう頭をよぎってもうちの親は許さないだろう。

入学早々私はすでに、高校時代をまるまる全部諦めて、〝退屈で怠惰な三年〟を私らしく、真面目にやり過ごした。

廉の高校生活はどうだっただろうか。この頃になると、もう昔のようにお互いあれこれ詮索する事もなくなっていた。

相変わらず嫌味のない廉は、部活も始めて爽やかなスポーツマンだった。その反面誰に似たのかプライドが高く、時折頑固な姿を現して周囲を困らせた。当然廉にはそれなりの理由があったはずだ。

古文の授業、教師の点呼が始まり廉の名前が呼ばれた。起立をしても返事はしない。だんまりを決め込む廉。先生との間に一体何があったというのだろう。「返事をしなさい！」何度言っても平然と無視する廉に、先生も面子を潰されムキになる。

教師と生徒の対マン。生意気とは程遠い兄なのに双方後に引かず、一時間の授業が潰れた。無器用な廉、もっと要領よくかわした方が面倒にならず楽なのに。まったく……

この事件はあとになって友人から聞く事になるのだが、当時、今のこのスピードネットワークを誰が想像出来ただろう。進化しすぎて追いつけない。この時私はタイプライターを打ち、対話だけが大切なコミュニケーションだった。やれやれ……

真面目なだけに頑固で融通の利かない廉は母と似ている。潔癖症な所も家族にとっては少々厄介だった。私は多分、ふざけた父にも似て、大雑把でも柔軟性を持ち合わせ、不器用なりに面白く仕上がっているようだ。

何でも分かり合えると思っていた。良く似ていると思ってたのに、少しずつその姿を変えて、二人は大人になっていく。

母の病気

高校二年の夏、風呂上がりの母が私を呼んで不安気に言った。

「ねぇ凜、ここ、触ってみて、大きなしこりがあるの」二センチ程の固く不吉な感触……

乳がんだった。

すぐ手術になってごっそり大きくえぐられた〝左の乳房〟ふたつの乳房はそれぞれの私達のように、廉の人生が暗い迷路に迷い込んでいく。ここが〝始まり〟だったような気がしてならない。

病んだ乳房と廉が生贄に。何の罪で何の罰なのか……。手術は無事成功したのも束の間、母はその後、重度の鬱を患い、家族の苦悩は更に続いた。

学校の帰り道、友人との買い食いを我慢して一人、小さな和菓子店に向かう。母の為の寄り道、ガラスケースには艶やかな色とりどりの和菓子が並ぶ。「今日はどれにしようかな」一口大の可愛い和菓子、母の好物だ。毎日一つずつ私は買い続けた。母の笑顔が少しでも見られるのなら。

当時まだ鬱という認識は薄くおかしな母の言動に戸惑うばかりで、他の誰にも、友達にさえ話せないでいた。母の顔に以前のような優しい面影はどこにもない。

母の目はいつも何かに怯えていた。時折そわそわと落ち着きがなくなって私に必死に訴えかける。

「泥棒に入られたんだよ、通帳が盗まれた。凛、早く警察に連絡して！」

「うちのご飯は食べちゃだめだからね、悪い奴が家の中に入り込んで、怪しい白い粉をかけるのを私はこの目で見たんだ」

「外に赤い車が止まってるだろう？　あの車の女がずっとこっちを覗いてるから、早くカーテンを閉めてちょうだい、見張られてるから」

母の言動はますます凄みを増していく、母の顔がいびつに歪んでいくのを直視出来ずに、私は泣きそうになった。

（どうやって接したらいいの？　お母さん！）

日に日に痩せ細り変わりゆく母の姿に、父はとうとう耐えられなくなって、嫌がる母を強引に引きずるように、精神病院に放り込んだ。まだ学生だった私は成すすべもなく、面会も簡単ではない。様子を知りたい、早く会いたい、やっとの思いで手続きを済ませ母に会えたのは二週間後、冷たい雨の日だった。

薄暗い廊下を進むと鉄格子の向こうから、職員に引っ張られるように母が連れてこられた。「お母さん!!」

私に気付いた母の顔が一気に色付いたように見える。すぐ様私に顔を近付け、小さな声で囁いた。辺りを警戒しながら、

「凜、ここはね、すごく恐ろしい所なの、言う事を聞かなかったり薬を飲まなかったりすると殴られるのよ、凜、お願いだから、早く私をここから出して……」

壁の向こうからかすかに聞こえる奇声……、すれ違うパジャマ姿の患者は、ニヤニヤ笑いながら私を覗き込んだ。まるでゾンビのように、目の周りが黒ずんでいるのは何故？腐ったみかんのように正常なものまで狂わせてしまいそうな、閉ざされた密室での恐怖に足がすくんだ。

母の病気がどうなのかは分からない。でもこんな所に長くいたら母はもっとおかしく

なってしまうんじゃないか……私がもっとしっかりしなくちゃ。

「いい？　お母さん、よく聞いて。ここから早く出たいなら大人しく先生達の言う通りにして、決して逆らったりしちゃダメよ、分かった!?」

家に帰ると私は泣きながら父に頼み込んだ。

「お父さんお願いです、お母さんの面倒は私がちゃんとみるから、早く……一日でも早くお母さんをあそこから出してあげて！」

更に我が家を不幸が襲う。廉が学校の帰り道、車に跳ねられ怪我をしたというのだ。父と慌てて病院に向かった。幸い大事には致らず、廉とも話が出来てほっとはしたもののその顔、廉……。鼻を骨折し顔が倍ほどにも腫れあがっている……

私は絶句した。別人となった廉を前に、まるで母親が娘を心配するかのように、気が抜けたまましばし立ちすくむ。

（元のきれいな顔に戻れるだろうか……）

父は動いた。流石かどうかは別として。

こうした我が家を襲う〝邪気〟をどうにか追い払う為、父は私を連れてある祈祷師を訪ねた。苦しい時の神頼みとはよく言ったものだ。父なりに藁をもすがる想いだったに違いない。それにしても……。学生の私の目から見たって、その異質な空間は妙に怪しい。巫女と名のるその女もどうにもうさん臭かった。

躊躇したところで後には引けない。この手の輩は実に饒舌だ。人の弱みにつけ込んで鬼気迫り静かに、強迫めいた言葉を並べていく。一時間近いお払いが済むと流れよく、壺の購入の話に進んだ。

「この壺を北西の位置に置きなさい。運気が上がります。後、トイレの位置が鬼門だから必ず変えるように」そう指示をされ、父は五十万もする高価な壺を買わされた。物の価値など誰にも分からない。信じる者は救われるのか……、本当かどうかは別として、信じなければ。相当な対価を支払ったのだから。

　果たしてその効果は……

引越し　母の回復

　父は思い切って自宅を手離す事にした。相変わらず素早い行動力だ。大体あの人もトイレの位置を変えろだなんて、簡単にいく訳がない。かと言って嫌な事を言われたまま毎日家のトイレを使い続けるのも何だかね……。皆が病気になっても困る。父は張り切って、近い場所に土地を探して家を建てた。台所、机、トイレの高さ、小さな母のサイズに全て合わせて。

　退院した母はまだ寝込んだままで、引越し作業にも関わらずにいたが、環境を変えたのが良かったのか、祈祷師迫真のお払いと壺の効果が多いに効いてか、新居に移ってからの母は憑物がとれたかのように回復していった。

心配した廉の顔もすっかり元に戻り、ひと安心。

少しずつ良くなって昔に戻った母は、新居の暮らしを楽しむようになる。

「ここは殺風景だから絵を飾りましょう。カーテンも新しいのに替えたいし、ソファも置きたいわ」母がそんな事を口にし出すと、廉はバイトをする為に部活を辞めた。

自宅から高校までは自転車で片道一時間。学校の授業が終わるとすぐ、街中にあるビルに向かう。ビルの清掃は決して楽な仕事ではなかったはずだ。油で汚れた作業服は全身から強烈な匂いを放ち、夜遅くに帰った。

そうして稼いだひと月分のバイト代、七万円は学生にとって大金だ。

「母さん、これ全部使っていいから」

廉は封を切らず袋のまま母に手渡した。凄いな廉……。格好良い。華の高校生だ、自分が欲しい物なんていくらでもあっただろうに。

母にただ喜んでほしい一心で、廉は一途だった。

こうして家族みんなの努力で母の傷は癒えたはずだった。なのに……

この先大きなしこりは未(いま)だ完治する事なく我が家の二階に、居すわり続ける事になる。

新しい家は静かな住宅地で、暖かい陽ざしが充分の高台にあったが地名に〝塚〟とつく由来から、後に様々な噂を耳にした。多くの遺骨が埋葬された古墳だったというのだ。

不吉だと耳に入り出した頃、隣近所で徐々に不幸な出来事が起き始める。隣に住む会社役員の奥様が病気で亡くなり、向かいのおばさんは癌になった。その隣に住む近所でも知れたおしどり夫婦。奥さんの不倫が原因で言い争いが続くようになり、一家離散。一人残されたご主人はアルコールに溺れ若くして亡くなっている。

裏には小さな家でひっそり暮らす一人の老婦人、聞けば誰かのお妾(めかけ)さんらしい。高齢の為施設に入る事になり、留守の家はずっと手つかずのまま雑草が生い茂り、庭は野良猫の住み家となった。

いつの間にかガラスは割られゴミが捨てられ、空き家は常に物騒でボヤでもおきやしないかと、父はいつも気に病んで、見回りは欠かせない。

(私達はこの先平和に暮らしていけるだろうか)

運の良し悪しは子供時代にさかのぼる。私の場合、駄菓子のクジやアイスキャンディの当たり棒、チョコボールのエンジェルマーク。ハガキの懸賞……何ひとつ当たったためしがなかった。

私は小声で叫ぶ、全部誕生日のせいだ。

「おはようございます、今日も良い天気ですね」社交的な父。井戸端会議は普通女性専用のような気もするがうちの場合、お喋り好きの父が担当。こういったコミュニケーションは貴重な情報源だ。殆どがゴシップの中、たまに大事な物が拾えたりする。

スマホひとつで全てがリサーチ可能な今、苦手な世代にとっては、生きづらい世の中だ。便利なはずなのに、ね。勉強しないと。

それでも対面での挨拶と礼儀だけは最低限必要なはず。

それすら面倒になってスマホの世界だけで生きてくなんて、勿体ない。

コロナ禍以降、世の中は変わり近所付き合いも少なくなった。大きな災い……恐怖と不安。

日本人はサラリーマンもスポーツマンも常にハードで働きすぎてきたから、ある意味堂々と身体を休めるいい機会だったと思う。

煩わしい人との関わりも減って多くの人が自分を見つめ直す余裕が持てたはずだ。

皆にとってしばらく限定の引き込もり。

近所で〝兄の事〟はどう噂されているのか。当然悪い話は当事者の耳には入らない。充分想像も出来る。先の長さが読めるような歳になった今、兄は一生の〝引き込もり〟となってしまった。

廉は昔、メガネ女子の大人しく利発な人がタイプだったと思う。でも付き合った彼女はいない。今はパソコンもない。スマホも知らない。何が楽しみで生きているのか。

前途有望だったはずの兄の話は、生涯に亘り我が家のタブーとなって、両親と私の心を痛め続ける。

父の人生の中に女性の気配があった事も、私は見逃していない。とは言え大企業の重役や資産家でもない。家族を養うだけで精一杯のしがない公務員だ。もしお金のかかる女性なら尚更、長続きするはずがなかった。

母は人見知りで控えめな大人しい性格だからお嫁さんには向いている。決して頭は良くないけれど単純で野心のない、本当に可愛らしい人。

好き勝手をしてきた父を時に恨めしく思う事もあったが、最後まで家族を……母を捨てずに生きてくれた。

母が乳癌を患って苦しんでいた時も、父は外に女性をつくった。女（娘）の勘は鋭い。その事に気づいた私は思春期という時期も重なって、身勝手な父を決して許さなかった。

しばらくは口も利かず、冷たい態度で父を責め続けた。

（酷(ひど)いよ、こんな時に何故？）

そう思ってきたけれど……、今になれば分かる、〝そんな時〟だからだったんだ、父も相当こたえていたはずだ、苦しかったり辛かったり。

仕事をしながら病人を抱えていたら、一度くらい〝逃げ出したい〟と頭をよぎったとしても誰が責められるだろう。世間の人が大変だね、偉いねと労ってくれたとしても、本当の辛さは当事者にしか分からない。

弱い自分を奮い立たせて、強くならなきゃと、そうみんなが生きている。

今更遅いけど分かったよ、分かったから。あの時あんな風に辛くあたってしまったこと、許してね、ごめん、お父さん。

そう言いながら昔の記憶を思い出していた。

父は普段威張ってるくせにどこか臆病で気の小さな所があった。父が珍しく熱を出して寝込んでいた時のこと。ただの風邪なのに大架裟に騒ぎ立てて家族を呆れさせていた。

そうだった、強そうに見せていただけで本当は怖がりで、気持ちの弱い人だった。

弱かったから、だから兄の問題からも目を逸らし先伸ばしにする事で、こうして私に押しつけたのだから。

就職

高校卒業後、廉は父が世話した航空学校の職員となって働きはじめた。

廉は大人しくて争いを好まない性格。反抗期もなくすんなり父の薦めに従った。

無事に卒業した私も銀行に就職が決まる。結局私も親と同じだ。体裁の良さだけで先生や親が薦めてくれるからと大事な所で又人任せ。聞こえが良いというだけで選んだからか、少しもピンとこない銀行員の私、でも他の人にこなせる事が私に出来ないこともないだろう。

初めは誰でも不安だしミスもする、難しくてもきっと大丈夫、すぐに慣れるはず……そう高を括っていた。高校を決めた時と何ひとつ変わらない、全く…どうして私は学ばないんだ、凜のバカ。ただ良い子でいたくて、人を頼って流れにのって、何ひとつ自分で深く考えようとしなかった。将来の軌道となる大事なだいじな一歩だったはずなのに…

華のOLとはかけ離れ、覚悟もないから何かを楽しむ余裕なんてない。毎日毎日嫌々通勤した。

先輩の話も上の空で耳に入らず、一日中ふわふわしながら逃げ出す事ばかりを考えた。

一ヶ月、二ヶ月……

そんな中お札を扇型に広げて正確な枚数と早さを競う大会があった。不器用な私にとってこれも又ストレスだ。緻密さに欠けるO型の私は器用に何でもこなすA型のような訳にはいかない。

先輩達は暇を見つけては、まるで手品師のようにお札を操る。上手。私も気のりしないまま器用なふりしてサクサクッとお札を数える真似してみせた。様にはなってもポーズだけではダメ、正確でないと。

一円でも合わなければ帰れない業務、残業も続く。嫌いな仕事だとしても、いい加減は許されない。周りに迷惑をかけないよう与えられた仕事を必死にこなした。

かと言って要領の悪さは隠せず、（どこの職場もそうだろう）仕事の出来ない人間は陰口を叩かれ見下され嫌われるものだ。この先もし私が大きなミスでもしてしまったら、責められて当然。大事なお金だ、すみませんで済まされるだろうか。

（早く辞めなくちゃ……いつ切り出そう）

相変わらずのへりくつと自分に都合の良い言い訳を探る。仕事を覚える前に……一刻も早く白状して楽になりたかった。

居心地の悪い毎日が続き、私は過食になった。

父と母の顔が浮かぶ。廉も大変な時機だもの、悩みを打ち明ける事で煩わせたくない。

それぞれの挫折

当時、銀行を辞める時は大抵寿退社（行）と決まっていた。終身雇用が当たり前の時代。女子は平気で腰かけと呼ばれ、良い結婚相手を見つけて家庭に入る事が〝幸せ〟と言われた。

能力のある女性なら腹立たしかったはずだ。

〝入行間もない教育中の新人〟が、仕事が嫌で辞めたいなんて……どの面下げて言えるだろうか。

本人が一番そう思っている。我がままは許されない。でも言わなきゃ『辞めます』って、さあ、早く！　辞める事は諦めていない、開き直るしかない。投げやりな決意と勇気をふり絞って「辞めさせて下さい！」口から小さく吐き出した。言えた……。予想通り、周囲はざわつく。今、私の無謀な言動が上司を困らせている。叱られたりなだめられたりしながら、何とか思い直すよう説得されたが、説得されて撤回するようなら初めから言ったりしない。思いつめて加速させてメーターを振り切ったのだから。

今更後に引ける訳がない。

自分が落ちこぼれになって、情なくて、恥ずかしくて……穴があったら入っていた。フェードアウト……両親と周囲の期待を全て裏切って、深い〝挫折の念〟だけが残った。この時以来私が失った信頼は今でも取り戻せていない。

人々が渦巻く中を私はくるくると回り続ける。逃げ出す事を覚え〝ダメ人間〟と自ら(みずから)烙印を押しながら。それでも働かなければ、生きていく為に。職業欄「家事手伝い」憧れのお嬢さんには決してなれないのだから。

廉は職場にも慣れて、身体を鍛えたり、フォルクスワーゲンに乗って、充実した毎日を送っているように見えた。仕事熱心で家に持ち帰っては明日の準備を怠らない〝いつも通り〟気の合う仲間も出来て、飲みに行ったりドライブに出かけたり、毎日楽しそうに傍目(はため)からは見えていた。

勤続六年目の夏、順調だと思っていたはずの廉の身に一体何が起きていたんだろうか。家族が気付かぬ内に廉は、暗い悩みを抱え病みはじめていく。

廉の様子がおかしい……否応なしに周囲も廉の異変に気付き始める。飲めなかったはずの酒の量が増え、言葉数は減り笑顔も失った。あきらかに元気がない。

声をかけても〝何でもない〟と言うだけで理由は分からない、どこか体調でも悪いのだろうか。固く口を閉ざした廉は私さえも拒絶して、闘う事も励ます事も出来ないまま見守るしかなかった。

「行ってきます」普段通り。

廉はその日の朝も定刻に家を出た。不安と迷いだらけの中で、その重い足どりは、一秒ごとに職場放棄を決意させていく。

疲れ切った顔のまま公園に向かい、しばらく時間を潰した。家には帰れない……行く宛のない廉は、近くのサウナに逃げ込んだ。〝無断欠勤〟初めて耳にする上司からの電話に、母が咄嗟の機転などきくはずもなく、

廉、航空学校職員時代

案の定取り乱して大騒ぎになった。

部隊総出で廉の車が捜索され、あっけなく御用……、捕まった時の廉の心境を慮(おもんばか)った。犯罪者の心境だったに違いないから。

廉は一切言い訳はせず審判を仰ぐ。こんな形で騒ぎを起こしたからと言って簡単に辞めてもいいの？　他に別の方法もあったはずなのに。廉は公務員を捨てた。代価が高すぎると思ってもどうにもできない。面目を潰された父はただ怒り、母は息子を守ろうともせず、父や廉の上司の前で自分の弁明に必死だった。

母はその日その時を生きるだけで精一杯の人だ。先を見越して計画を立てたり、何かを成し遂げるといったそもそもの発想が乏しい。

責めてるんじゃない、そんな人はいくらでもいる。ただ私達もそのＤＮＡを受け継いでいた。考える力も足りず自分が出来ない言い訳を、親のせいにした所で何の意味もないのに……。ばかだな私。

廉二十五歳　引き込もりの始まり

廉は仕事を辞めた。この日から実に、廉の長いながい引き込もりが始まる。

当時の私はまだ何も分かっていなかった。

「職場なんて探せばいくらでもあるよ、自分に合いそうな所、ゆっくり探せばいいんじゃない？　廉ならどこだって大丈夫」

これが一生になるなんて夢にも思わず、廉を悠長に慰める私がいた。

部屋に閉じ込もる毎日が当たり前になっていく。二年、三年……、一向に職探しをする気配がない。

「そろそろ動き出したら廉、いつまでも若くないんだし勿体ないよ」

廉のわずかな退職金もすぐ底をついたが、実家暮らしで問題はない、両親のストレス以外は。

私は、何をしていても廉の事が気にかかり、頭に小さな腫瘍を抱えてるようだった。早く取り除きたくても漠然とした不安はいつまでも続く。二人は三十歳になった。外に出ようとしない廉に私はシビレを切らし、動き出す。いつまでも傍観者ではいられない、何とかしなきゃ。本気になって焦り始めても、当の本人がその気にならなければ打つ手などあるはずない。廉をけしかける事が毎日の日課となり、廉の事を相談する為、役所にも出向いた。僅かでも糸口を掴みたい一心で。

「出来る事は何もありません。ご家族で何とかして下さい」無表情のまま冷たくあしらわれた。くたびれたスーツを着る男性職員。黒縁メガネのその額に〝役所勤め〟そう色濃く書かれてあった。

肝心要の本人は、職安にも役所にも、ましてや病院になど更々行く気はない。隠れるのみ、頑固だから仕方ないと割り切ってすむ話ではないが、かと言っていい大人の首に縄をつけて引きずり出す訳にもいかない。困ったな……

父や母は年をとっていく。廉がいる事で家中の淀んだ空気に嫌気がさした。でも放ってはおけない、家族だから。ある町医者で、廉のような〝患者〟の話を聞いてくれる病院があると知人から教えられた。廉を連れ出すのは無理だけど……どんなに気が重くても、行ってみようか……後にも先にも切り込み隊長は私しかいないんだから。

小綺麗に身仕度を整えて、精神科のある医者を訪ねた。ガチガチに緊張する私に軽い口調のその先生は嘘のように淡々と、個別に相談に乗りましょうと言ってくれている。本当に有り難くて「これでやっと廉を救える」曇った視界が一気に晴れていくようで嬉しくなった。

久々の良い知らせを急いで両親にも伝え、今後の好機を願う。

〝どうか廉を助けて下さい〟—でもすぐ様僅かな期待は砕けた。やっぱりね……世の中そんなに甘くない。コネもない、何も持たない私が優遇などされるはずがなかった。

現実は揺るがない。

その先生にとって若い私にそれなりの価値があったのかも知れない。言われるがままに場違いな酒の席に呼ばれていた。非日常の空間に目が眩み、足がすくんだ。お洒落な店内はゆったりとしたジャズが流れ甘美なドット（ライト）がユラユラと舞う。黒服にカウンター席へ案内されると、ぎこちなく丁寧に挨拶をした。

スーツ姿の先生から好きな飲み物をと聞かれ、呑めない私は〝ウーロン茶〟と言いかけて時間を止める。場がしらけてはいけない。軽めの物をとオーダーを任せた。

〝力のある人〟縁や出会いは運命的で今ある自分の環境によってもその差は大きい。

お酒もすすみ彼の自慢話は続いても、なかなか廉の話に移らない。つまらない話に私は度々時計を気にした。

この中年の医者と二人で酒を呑むこと事態が身の程知らずだったのだ。

初めこそ紳士的な話し方で私を気遣ってくれた先生も、酒と共に崩れ始め次第に本性を吐き出していく。

「で、どうしたいの？　入院させる？　でもね……正直どうにもならないよ。人付き合いや職場のストレスなんて誰にだってあるんだから。君のお兄さんはね、怠惰なんだよ、〝怠惰〟分かる？　親に甘えてるだけなんだ。僕の考えを言わせてもらえば、引き込もりになるような情けない輩(やから)は社会のクズだと思うけどね。むしろそんな奴らは、死んでくれた方が世の中の為になるはずだ」

私は静かにうなだれた。廉の事、何も知らないくせに。引き込もりをひとくくりにして厄介者と決めつけるなんて。（先生、のみすぎですよ！）

隣にすわるこの知らない男に今ここで廉と私は見下され蔑(さげす)まされ、自尊心まで傷つけられている。＝惨めだった＝

高級車を乗り回し、上から物を言うこの人は誠実さとは程遠く、嫌味でなんて冷たい男。

こんな人に相談しようとしたなんて、時間を無駄にした、早く帰らなきゃ。

ガタンッ!!　勢いよく席を立つと、

「今日は貴重なお時間を頂き、ありがとうございました」そう一言お礼を言い捨てて、そぐわないその場から私は一気に逃げ出した、終わった。

廉の引き込もり当初は、親戚や友人が心配し訪ねてきてくれた。益々殻に篭っていく廉は一切誰とも会おうとはしない。一度生きる事の全てを放棄して逃げ切った廉を、元に戻すのはそう容易くなかった。

どんな慰めや励ましの言葉も廉を追いつめてしまう。今はそっとしておく事しか出来ない。家族は見守るしかなかった。皆同じだ。やがてこの〝選択〟が多くの引き込もりを作り出していく。

誰とも関わらずに生きていけたら楽なんだろうか。傷つかずにすむのだろうか。

「廉、ずっと部屋に閉じ込もったままで、このまま人生を諦めるつもりなの!?」

ドアを叩いて私は叫んだ。私が説得すれば必ず廉に届くはず、廉お願い！　ドアを開けて、私は廉にとって特別なんだとまだ信じたい。このままじゃダメだよ、本当に腐っちゃうよ、廉!!

信じていたかった。なのにその過信は徐々に薄れ、孤立する廉をただ放置するだけになっていく。私も、誰も……助けられない。

凜の結婚　分かれ道

廉の事は気になりつつも私は人並みに結婚して幸せになるつもりだった。一人息子の珀（はく）が生まれそれはそれは可愛くて、子育ての時間は私に、今までにない幸福をもたらした。

自分の親からこんな風に大事にされ愛されたいという私には〝未練〟があった。

息子を愛し慈（いつく）しむ事で、自分を労（いた）わるように楽しみながら、子育てに夢中になった。

時代のせいもあったと思う。両親は余裕もなく暮らしに精一杯で、生きる事は喜びを得ることなんだと教えてはくれなかった。

「生きていくのは大変」家訓のように私の全てに刻まれている。生きる事は辛（つら）く厳しいのがあたり前。間違いがないように、転ばないように、怪我をしないように、人に決して迷惑をかけないように。

そんな事ばかり言い聞かされて、私達二人は窮屈に育った。息子にこんな思いはさせたくない。「ダメ」じゃない「良いよ」って言ってあげる母親に私はなる。

平凡な暮らしの中、いろんな魔法の言葉を使って珀（はく）を包み込んだ。

〝うれしい、楽しい、大丈夫〟

面倒で煩わしい事も多い世の中だけど、楽しい物をいっぱい見つけて暮らしましょうね。

夢や生き甲斐が見つかりますように……

ご飯を食べたり遊びに行ったり好きなオモチャを買ったり……その都度〝楽しいネ〟そう言いながら珀を育てていった。

親の私達に大した力はないけれど、小さい望みは何でも叶えてあげたい。大きな夢は自分の力で掴み取ってね。人生は本当に長いようで短いから。礼儀と感謝と秩序の中で、珀が自由に生きられますように。

時々珀を連れて実家に顔を出しては、廉に差し入れをし、ドア越しから二言三言、当たり障りのない会話を交わす。この頃の廉は、まだ友好的だった。私が耳の痛い話をしないから。

廉の事はすっかり親任せで、私はただの傍観者になっていた。

そんなある日、事件が起きる。

心のどこかで心配してたような気もする。たまたま実家に寄った丁度その時、二階で物騒な物音と怒鳴り声が聞こえて、慌てて駆けつけると、父と兄のまさに修羅場が……私は驚いて悲鳴をあげた。実際喧嘩を眼のあたりにすると、冷静ではいられない。当然みんな素人だ。喧嘩なんて経験がない。「キャァーッ！」

父と廉が互いの胸ぐらを掴んで一触即発の事態、争いに疎い二人が一か八かのヤケクソで取っ組み合いの殴り合いを始めようとしている！

「何してるの！　二人共やめて、お父さん手を離して落ち着いて、廉も止めなさいっ!!」

間に割って入り込み二人の動きをどうにか止めた。間に合った……恐しい所まで行きつかずに収まって良かった本当に……もし私が居合わせてなかったら……張り詰めた空気の中、そんな思いが過って足が震える。

初めて目にする二人の怒りは凄まじく、私は恐怖に慄いた。もうどうなっても構わない、鋭い殺気が辺りを埋め尽くし、狭い廊下は大の大人が二人、ぎゅうぎゅう詰めだ。廉は尖った表情のまま、私の手を乱暴に振り払って部屋に入ると、内から鍵を閉めた。父は血圧も相当上がっている、目は血ばしりほてった頬のまま大きく肩を揺らして深く長い溜息を吐き出した。ゆっくりブレーキを踏み込むように失速。

廉が父の話に耳を貸そうとせず、生意気で反抗的な態度をとったに違いない。父も見慣れない廉の姿に驚いてカッとなったんだろう。

気まずい二人に僅かなためらいがあったおかげで、今回は無事ですんだけど……。狭い廊下は廉が炊事場として使っている為、辺りは凶器となり得る包丁やアイスピック、キッチンバサミなど手の届く所にいくらでも転がっていた。これがもし用意周到に計画され、思い詰めた先の強行だとしたら……。我が家の不幸な結末は誰にも防げなかったはずだ。家族の誰かに殺意を抱くだなんて、うちに限って……〈他人事〉そんな悠長な事はもう一切言えなくなった。

万が一、廉が上手く生きられない理由を父のせいにして、殺意や憎しみを膨らませているのだとしたら、どう考えても理不尽で身勝手だ。

世の中はそう単純にはいかない。人は厄介だ。関わりが複雑に絡み合うと時に、正しいとか正しくないとかを超えた感情が芽生えて本人が造り出した〝それ〟が一気に加速し、事件は起きる、誰も気付かぬ内に。

父にとって大事な跡取り息子が、今もそしてこれからも、我が家最大の悩みの種となっていく。和室の京壁に二階から漏れしたたる濁ったシミが、じんわりと覆いかぶさるように。

この日以来、両親は益々腫れ物に触るように廉を扱った。二階に放り込んだまま見て見ぬふりで、息子と向き合う事を一切避けるようになり、日常から廉の存在を消し去る。廉もまた口煩い父親から解放されて、後ろめたさなどとっくに失い開き直っていく。

父はもう若くない、頼りにしたかった息子は手に負えず、廉を持て余し忌み嫌ったまま、他に打つ手は本当に何もないのだろうか。

「お前の育て方が悪いから、廉はああなったんだ」母にだけ強気の父はそうなじりながら、きっと自分を責めている。母もまた泣いて謝りながら萎縮するしかない。

(誰が悪いの？　犯人がいるの？)

頑固で弱虫で、生きてく事に無器用すぎる廉が悪いに決まってるじゃん!!

本来、家族みんなでくつろぐはずの家は廉のせいで殺伐とし、誰にも行き場がないように思えた。病人を一人抱える家はどこも一緒だろう。心も身体も消費しながら。


何度目の家族会議だっただろうか。議題、「廉について」毎回気が重い。結論が出ないまま中盤に差し掛かると、被害者面の母は感情が高ぶって、つい弾(はず)みとも本音ともとれる言葉を口にした。

「双子だって知った時お父さんが、育てるのは大変だから〝いらない〟って反対してたのに……。やっぱりあんた達なんか産むんじゃなかった」私の目の前にいる暴言を吐くこの女(ひと)は、本当に自分の母親なんだろうか。

思慮深さとは到底無縁の愚かな人。無神経ではすまされない。

私の胸には決して消えない傷が残った。簡単に捨てられちゃうんだね、私達。そう言う事か……。居ても居なくてもどうでもいい存在だったんだ。そして問題を抱えてる今、廉は両親の負担でしかない。

親も子も、相手を選べないのはお互い様だ。

いっそ本当に捨てられたなら、ここことは違う別の強さを身につけて、生き抜くだろうに。

父、母、廉、凜。私達親子はぶつかり合う事も突き放す事も出来ないまま、中途半端に慣れ合って互いをよりひ弱にしていった。

そんな暮らしが当然のように続く。早いのか遅いのかも気付かないまま……、確かな時間だけが無情にも過ぎていった。

廉はまだ三十代半ばの若さだというのに、久し振りに見た廉の髪が、粉雪のように真っ白になっていて、私は驚いた。廉の抱える苦しみが、ほんの少し見える気がした。廉を苦しめるものは何？　教えてよ廉。

父　心筋梗塞

元々父は不整脈の薬を飲んでいた。かと言って健康を気遣って摂生などしない。自由にお酒を飲み歩き、唄も大好きでカラオケにもよく足を運んでいた。楽しむ事は父の原動力だ。病院が嫌いで動き回れる内に大いに遊んで「太く短く」で構わないと豪語しながら。

父は定年後に一度倒れて救急搬送されている。良い機会だからあちこちしっかり検査をするべきなのに、喉元すぎれば何とやら。調子が戻ると入院が嫌だと言ってすぐ、退院してしまった。こんな所にも父の〝怖がり〟が見えて、母と私を心底呆れさせるのだ。

心臓に病を抱える人は、ガラス細工のように大事にだいじに体を労(いたわ)って、そっと静かに休むのが一番らしい。

行動派の父は周囲の注意も無視して、予定を入れてはお洒落してせっせと出かけていった。生きている内に好きな事を全力で楽しむ。

父の人生だ。一見いたって健康に見える父を、止められる人間は家にはいない。

「行ってらっしゃい、気をつけて、呑みすぎないでよ、ほどほどにね」

「全く、しょっ中出かけてばっかりで。又倒れたって知らないから！」母の愚痴を止めたりしない。もっと言っていい。

母　脳梗塞—長引く家族の苦悩

私が四十を過ぎた頃、母が脳梗塞で倒れた。大学病院は実験台にされる、警戒心の強い母はそんな噂を真に受けて、手術をしないと危険な状態だと言われたにもかかわらず、退院すると騒いできかなかった。

「こんな病院にいたら殺されてしまう」

先生が嘘を言って私を騙そうとしている。そう頑(かたく)なに言い張る母だったが、母の動きは明(あき)らかに目に見えて鈍くなっていった。

身体は傾き、片足を引きずって歩いている母の異変は深刻で、急がなければ、血が巡っていないんだ。一刻も早く病院を探さないと。

父と片っ端から脳外科を回る。大学病院の診断を疑って信じない、面倒で我がままな患者だ。そう易々と次は見つからない。でもどんなに煙たがられても母の命がかかっている、諦める訳にはいかない。あちこちで必死に頼み込んで、どうにかやっと……母の入院先を探し出した。家から少し距離がある、時間がない。今度の所は大学病院じゃないから大丈夫、心配ないから安心してと、父と二人で母を説得し、ぎりぎりどうにか間に合って手術はうまくいった。たったひとつの母の命。せっかく拾えた命だったはずなのに、それなのにどうして……

父と私は再び〝母の鬱病〟に苦しめられる事になる。

退院し傷口は治っても塞ぎ込む母は、家事どころか何一つ自分でしようとはしない。気持ちは弱いくせに思い込みだけは激しくて、妄想に取り憑かれた母は、深い闇から抜け出せずにいた。

生気のない母の瞳はうつろなまま……布団をすっぽり頭まで被せて、何かにじっと耐えている。

可哀想と呟くだけで何も出来ない。私は家庭を持ち、時々母を見舞うだけ。

母の面倒は、心臓が気になる父が見るしかなかった。私がもっと時間を割いて実家に通うべきだったのに。特に弱っている時の親なら子供の訪問は、何よりの励みになったはず。

郵便はがき

160-8791

141

東京都新宿区新宿1－10－1

(株)文芸社

愛読者カード係 行

ふりがな お名前		明治 大正 昭和 平成 年生	
ふりがな ご住所	□□□-□□□□		性別 男・
お電話 番号	(書籍ご注文の際に必要です)	ご職業	
E-mail			
ご購読雑誌(複数可)		ご購読新聞	新

最近読んでおもしろかった本や今後、とりあげてほしいテーマをお教えください。

ご自分の研究成果や経験、お考え等を出版してみたいというお気持ちはありますか。

ある　　ない　　内容・テーマ(　　　　　　　　　　　　)

現在完成した作品をお持ちですか。

ある　　ない　　ジャンル・原稿量(　　　　　　　　　　　　)

名				
上 店	都道 府県	市区 郡	書店名	書店
			ご購入日	年　月　日

をどこでお知りになりましたか?

書店店頭　2.知人にすすめられて　3.インターネット(サイト名　　)

DMハガキ　5.広告、記事を見て(新聞、雑誌名　　)

質問に関連して、ご購入の決め手となったのは?

タイトル　2.著者　3.内容　4.カバーデザイン　5.帯

の他ご自由にお書きください。

(　　)

についてのご意見、ご感想をお聞かせください。

容について

カバー、タイトル、帯について

弊社Webサイトからもご意見、ご感想をお寄せいただけます。

協力ありがとうございました。

お寄せいただいたご意見、ご感想は新聞広告等で匿名にて使わせていただくことがあります。

お客様の個人情報は、小社からの連絡のみに使用します。社外に提供することは一切ありません。

書籍のご注文は、お近くの書店または、ブックサービス(0120-29-9625)、セブンネットショッピング(http://7net.omni7.jp/)にお申し込み下さい。

二階には引き込もりの息子が、母は寝込んだままで、心臓に爆弾を抱えた父は、一人どれ程、心細かっただろう。無理させちゃってお父さん、ほんとごめん。

　細々と母がこなしていた雑用は、父にとって大きな負担となり少しずつ、その命を剝(は)ぎとっていく。

　身勝手に生きた父でも、家族を確かに守ってくれた。有罪の実刑を受けるにはあまりに酷だけど、人生のシワ寄せは返さなければならず、父は命を削ってその代償を支払う事になる。家族を持つ責任は重い。

　母の事は仕方ないとしても、廉の気苦労までが常に隣り合わせで父の負担は増していく。二階から物音がする度に、父は忌々(いまいま)しい顔をしながら天井を睨(にら)んだ。

慣れない家事は自分がするしかない。好きで積極的にするのとは疲労感が違う。

理想とはまるで違う老後の暮らしを強(し)いられた。今まで母に任せていた全ての雑用をメモに書き出しながら、銀行・ゴミ出し・洗濯と掃除・買い出し・食器洗い・回覧板・母の病院・薬の時間・風呂の準備……

　衰えていく身体を休ませる事も出来ず、妻の世話と生活に時間が費やされていく。微笑む妻の笑顔もないまま。

　息子の食料を階段下に置いた。餓死させる訳にはいかない。信頼も最低限のコミュニケーションすらない、あるのは血の繋がりと遠い昔の記憶だけだ。食パン・納豆・コンビニのおにぎり・カップ麺。母がしていたような栄養面や温かい汁物といった気配りなどない。

廉もまた乏しい食事だからと文句は言わなかった。何だって食べなければ、生きる為に。

本来なら家族に労わられるべき父が二人の面倒をみる現実。時々襲う胸の痛み……

（ドクン、ドックン、ドクックン～）

この心臓はいつまで持つだろう。交換も充電も出来ず、電池が切れるその時をただ恐れながら。父は覚悟を決める。身近に忍び寄る将来を案じて私達一家を呼び寄せた。

私は受け入れるしかない。抗（あらが）えない宿命だから。

父は娘夫婦に頭を下げた。夫と息子も同居をすんなり受け入れてくれて、本当に有難かった。

タイミングもよく、夫の単身赴任と息子の中学進学が重なり、スムーズに引越し作業を進める。引越しは大変だけど体力のある若い内なら問題はない、片付けや処分をするのに好機と、自分に言い聞かせて張り切った。

夫は久々の一人暮らし。独身に戻って羽根を伸ばすだろう♪

実家へ　廉との暮らし

父の書斎だった十畳ほどの部屋が私達三人の新居だ。押し入れがなくて不便だと文句を言っても始まらない。見た目は諦め、使い勝手重視で暮らし始めた。

物を捨てられない私は、溜め込んだ荷物を必要な物以外無造作に納戸に押し込んだ。

歓迎ムードとは程遠く、淡々と生活スタイルを整えていく。

私達一家がこの家に入る事に、廉はあからさまに嫌悪感を示していた。二階は六畳の部屋が三つ。珀の為にその一部屋を父がリフォームしてくれていた。

二部屋は廉が占領し常にカーテンは閉められたまま、目につく場所すべて物で溢れている。

息子の荷物を少しずつ二階に運ぼうとすると「入ってくるな！」廉はそう大声で怒鳴りながら、鬼気迫る戦闘態勢で抵抗してみせた。

ただでさえ人がやっと通れる狭い廊下に、空のダンボール箱を天井まで積み重ねて、我々の進入を阻む。

「一体何様のつもりなの？　ふざけるのもいい加減にしてっ！」

これじゃどう見たって、子供じみた偽物の立て込もり犯だ。物が散乱した足の踏み場もない廊下を見せつけて、〝他人者(よそもの)〟の立ち入りを全身で拒否していた。

本人は至って必死だろうが、あまりの幼稚な言動に、私が廉に抱く理想の姿は虚像となって崩れ落ちていく。言葉を出さない廉の嫌がらせはしばらく続き、私を悩ませた。

二階は諦めるしかない、珀のプライバシーがたとえ守れなくても。

この同居によって、廉に対する嫌悪の気持ちが初めて芽生えた。

納戸に入れた私達の荷物を廉は勝手に物色し、珀の服さえ盗んでいく。思いもしなかった無法地帯。

失くなっている物に気付く度に、私は階段下から大声を出した。

「珀の服返しなさいよ、何でも勝手に持っていかないで!」

いつだって反応はない。無駄と分かってはいても文句のひとつも言わずにはいられなかった。必要なもの、欲しい物だってあるだろう、必ずしもダメだと言ってるんじゃない。承諾を得るべきだと当たり前の事を言ってるだけなのに……

何で? 普通の会話すら出来なくなったの? 廉……情けないよ、こんなにも落ちぶれて、家族だけが唯一の味方じゃないの!

この狭い家の中で、自分は被害者であるかのように壁を叩き苛立ちをぶつける廉は、もう私の知ってる昔の廉とは違う。途方に暮れながら、この同居の厳しさを初めて覚悟した。

聞く耳を持たない廉に何を言っても無駄だ。

〈のれんに腕押し〉〈ぬかに釘〉まさにそう言った心境が続く。

夕飯の支度にとりかかり下ごしらえの準備。野菜を刻み肉を切り分けてほんのわずかその場を離れた。戻ってみると、（あれっ……？）

あきらかに食材は減り調味料の中身も空になっている。冷蔵庫は常に探られ、ハムや卵、果物とあるはずの食料がない。コーヒーや牛乳も空のパックだけが残されて私を苛つかせた。

「飲むのはいいけど、ゴミくらい自分で捨てられるでしょ」廉への発信は小言ばかりになっていく。

トイレットペーパーやBOXティッシュも買い足せば廉が半分は持っていく、二階に貯め込んでるとしか思えない。生活必需品をたっぷりストックする事で安心するのかも知れないが、こっちはたまらない。気に入った物を揃えて飾りつけても、廉が盗んでいった。可愛い食器やタオル、包丁研ぎ、ステンレスのサラダボールもない。

些細（ささい）な事でと人は笑うだろう。大架裟にいちいち反応し騒ぐ私もどうかと思うけど……

家の中に普通に物が置けないなんて。ストレスは嫌でも溜まり、あちこちに「持ち出し禁止！」の貼り紙をした所で、廉を煽（あお）り挑発するだけだ、ホント疲れる……ばかみたい。

家の中に泥棒がいる。悪びれる事もなく長男だと平気で居座る無礼な奴が。もどかしい、話が通じない。家族だけが住む家の中は本来安全地帯であるべきなのに。

ここでは〝持ってく方〟が悪いんじゃない〝持っていかれる方〟が悪いんだ。

こんな風にこの状況に、一人腹を立てている自分も嫌でたまらない。もううんざり。誰のせいなの？

大声を出す度、嫌味な小姑に成り下がってムカついて最悪な気分、でもただそれだけ。廉への鬱陶しさだけがふくらんでいく。

「下で使うから買ってきたの、持っていかないでよ、早く返して」

同じセリフをどれだけ吐き捨てた所で効き目なんかない。分かってる、分かってるけど……

今、私の顔はきっと〝そういう顔〟になっている。醜い嫌な顔……酷いよ。悪い顔と泣いてる顔がひとつになって自分に棲みつく。

家の中で食品や消耗品の保管に神経を使わなければならない現状。ばかげた話でも生活費のやりくりもしなければ。

「どうせ又買えばいいだろう」廉はそんな態度だ。どこに隠してもすぐ見つけ出す。狭い家に隠すって……ねえ。次は防犯対策。ドアや襖に鍵を付けて試してみようか。冷蔵庫にはチェーンと南京錠。それぞれみんなに鍵を持たせて。えっとぉ…ぶんぶん頭を左右に振った。ダメだ無理むり。何より物騒な見た目といちいち面倒に決まってる。一から仕切り直し。

持ち出されそうな物は出かける前に車に運ぶ。全く……私は何をやってるんだか。

二階に廉の冷蔵庫はあるが僅かな食料と、廉が作る大量の氷が入ってるだけ。私が気遣いをする事はなかった。

夫や息子の世話をするように、廉を大事になんかしたりしない。だから廉は不満を募らせ、私に腹を立てて怒らせている、多分。

頂き物のマスクメロンが2玉。もう少し熟すまでと置いといたら、空箱だけになっていた。

家族を思ったらせめて一つじゃない？　自分だけ良ければそれでいいの？　母を悪く言いたくないけど、廉を過保護に育てたせいで居心地の良い部屋は確保され、少しずつ無気力にしてしまった、私は母とは違う。父の代わりになって、どんなに煙たがられても廉を甘やかしたりしない、決して。


昔仲の良かった男女の双子はこの小さな城で、暗黙の対立関係にいる。

近所付き合いもほとんどない今、周囲は誰も気付かない。世間は無関心のままこの先も息づいていく。

実家に入ってから、私は廉とずっと話がしたかった。色んな話が出来そうな気がしてた。分かってほしくて何度も何度も手紙やメモを書いて階段に置く。怒りに任せてなぶり書きの時もあれば、時には誠心誠意思いを込めて清書しながら、文字にすれば廉も少しは冷静になって、自分の将来と家族との共存を考えてくれるはず、必ず分かってくれると信じていた。信じたかったのに……

もう何年も同じ事をくり返すだけ、全部無意味だと長い時間が教えてくれた。

頑固な廉はきっと〝このままでいく〟と決めている。私の出方次第では破滅の刻が来る事さえ想定してるだろう。守る者のある方が圧倒的に立場は弱い。だとしたら私達はどちらが弱者だろうか。廉にとって私が目障りなのは確かだった。


廉の部屋に頑丈な二重の鍵が取り付けられた。私が無断で入らないように、お風呂に入る時さえ鍵を閉めていく。窓もすべて塞いで陽も入らず、外からも一切自分の領域を見せない。


〝神経質で潔癖症の廉〟

引き込もった廉の唯一のストレス解消なんだと思う。何があってもお風呂だけは欠かさなかった。五十度もの熱い湯で湯舟に浸かり、五十度のシャワーを浴びる。一時間は〝使用中〟だ。

給湯器の寿命と廉の健康も心配して、何度注意をしたって聞いてくれない。シャンプーやボディソープもすぐになくなる。補充の度に腹立たしくて、独り言でぶつぶつ文句を言った。夫や珀の物もあるので、洗顔やクリーム、スプレーに〝持ち出し禁止〟とメモを貼り付ける。いやな家だ、こんな家。誰が見たって訝しく眉を潜めるだろう。

洗面所も台所も、あるべき必要な物が普通に置けないなんて、廉が目にすれば当然不快な気持ちになったとしても、せめて罪悪感を忘れずいてほしい……そう僅かに願った。

テレビの配線工事の為、一度だけ二階に人を入れた事がある。恥ずかしかった。足の踏み場もない有様と部屋の戸に取り付けられた鍵あと、異様に感じたはずだ。長居はご免。ゴミ屋敷もテレビで話題になり、今の時代そう珍しくもないが、それが我が家となれば話も違う。泣きたくなった。

引き込もりやＤＶといった問題を抱えて生きる全ての家庭に宿る闇……簡単に解決しない。

じんわり首を締めつけられて、逃げ出さなければ死ぬまで続く。

家庭の問題は家族にも責任がある。だから被害者とは呼ばれない。

父の死

同居してたった一年だった。

私達が越してきてすぐの暑い夏の日。

父はまるで予期していたかのように、二度目の発作が起きて倒れた。

うずくまり胸を手で押さえながら、私に救急車は呼ぶなと言う。病院の天井をながめながら死んでいくのは嫌だと言った。

部屋の布団までゆっくり……引きずるように運んで寝かせ、衣服を緩めた。

父は時々苦しそうに顔を歪めながら

「もう覚悟は出来ている、だからお前をこの家に入れたんだ、これで良いんだよ。母さんや後のこと頼むな、凜」

お父さん……私は身体をさすりながら泣く事しか出来ない。（どうしよう、どうしたらいいの）秒針が刻まれていく…チッチッチッ……二十分はただそうしていたと思う。父の顔や足がどんどん青ざめてくる。ダメだ……

「廉、お父さんが大変、お願い、おりて来て！」廉が異変を察しすぐに来てくれた。首、脇の下、足の付け根にタオルと氷を敷きつめて父を冷やし始める。そして廉は迷わず救急車を呼んだ。

「お父さん、ごめんね。廉が救急車呼んでくれたよ、大丈夫きっと助かるから、助けてもらうから。だからもう少し、お父さん頑張って、我慢してネ」

救急車に乗り込んですぐ、父は嘔吐した。苦しかったはずだ……そして心肺停止、騒然とする中、心臓マッサージが始まる。一刻を争う状況に〝最終処置〟をしようとした隊員を、もう一人の若い青年が止めた。

「ちょっと待って！　まだ間に合うかも」

ＩＣＵに運ばれていく父。一ヶ月もの間、たくさんの管に繋がれて一進一退……生死の境をさまよった。目は黄色く濁んで全身はぱんぱんにむくんでいる。この姿を目にした私は（もう助かりっこない）そう覚悟したものの、生命力の強い父はこの最大の危機を乗りこえた。まだ死にたくないと願った父の強い想いが、三途の川から現世に引き戻す。父はまさに奇跡の生還を果たした。

毎日、毎日……病院に行くのは私の役目、休みなしの日が続く。

一進一退の父の姿を見るのも、先生からの説明を聞くのも辛い。家に帰れば母と家族の世話をする。行きたくないと思う日があっても、頼める相手はいない。

父は心臓にペースメーカーを入れ、腎臓をダメにした。

二十キロも痩せた父はまるで別人だ。弱々しくて悲壮感が漂い見るのは辛い。それでも生き延びた父を不死身の男と賞賛したかった。

「お父さん偉いよ、よく頑張ったね」

その言葉を、心の中でそっと自分にもささやく。（凛、偉いよ、よく頑張ったね）

四ヶ月後、一度心臓の止まった父が家に帰れる日が来るなんて本当に嬉しくて夢のようだった。

なのに私はこの後（あと）、父の言った言葉を痛感する事になる。救急車が来たあの日、私が廉に助けを求めなければ……。日々自問自答を繰り返し、時に後悔する日まで来るなんて。

父はもっと生きたい！　もう少しだけこの青空を見ていたい、そう強く望む一方で……人工透析の辛さ、目眩の苦しみ、筋力は衰え思うように動けない。体調の悪い日ばかりが続いて、好きな庭の手入れも思うように出来ず、父は絶望していた。

死の恐怖と毎日闘いながら、夜になると襲ってくる孤独の闇、食べたい物も食べられずビールどころか水さえ制限される日々。

母と廉は相変わらずだ。

機嫌の悪い日ばかりが続く。父の気持ちは分かってはいてもつい、素直に聞いてくれない事も多く幾度となく衝突した。父の方が辛いのに、私の方が辛い気になって……


退院して四ヶ月、たった四ヶ月だった。

こうしてやっと生き延びた現実が、果たして正しかったのか……。救急車を呼ぶなと言った父の言葉に従いながらも、その間私が迷った数十分がもしなかったら……父の命はもう少し伸びていたかも知れない。

何をどう考えたところで今更どうしようもないのに。

多分皆が同じ思いを抱くように、父にただ詫びるだけの、無駄な懺悔と消耗がしばらく私を苦しめた。

父の死後一週間もの間、どしゃ降りの大雨が続く。覚悟は出来ていると言いながら、その一方でまだ死にたくない、もっと生きたいと弱音を漏らしていた父。この世に未練を残し、悲しくて悲しくて父が泣いてるんだと思った。父の初めて見る大粒の涙。冷たいせつない雨…

黒の喪服を着せられた母はこの時、父の死をどれだけ理解出来ていただろう。

感情が鈍く分別のつかない事が良い時だってあるんだなと、つくづく思ったりしながら。母の世話は当然私の担当。昔から母との相性は良く、口煩い父の不在はむしろ母を元気にしていく。

母が父の悪口を言う事はあっても褒める姿は見たことがない。それなのに父が亡くなってからは良い事ばかりを思い出すのか、父の長所ばかりを並べたてた。

「お母さん、どうしてそれをお父さんが生きてる内に直接言ってあげなかったの？　お父さん、きっとすごく喜んだでしょうに」

確かに父は厳しかったけれど……時々、楽しくて面白い人でもあった。お調子者。そう、私もそんな一部を隠し持っている。

重圧

手のかかる母親と、気難しい引き込もりの兄。父任せですんでいた責任が、私一人にしかかる。目を逸らしたい現実。この先ずっと背負うべき十字架に不安がよぎる。

自分に出来るだろうか、この家と廉に縛られる暮らしが……

廉の部屋はおそらく一日中電気とテレビがついている。廉が毎日入る五十度のお風呂のせいか……寿命だったのか、給湯機が壊れた。

細々と続く私のパート代は、この家の水道光熱費で消えていく。

古い家屋とあちこち全部が古い家電のせいで、狭すぎず広すぎもしない我が家の水道光熱費は驚くほど高かった。やっていけない。

父の葬儀に顔を出す事もなく、家（うち）の長男は無責任で何ひとつ変わらないまま。

「お父さんの位牌に手ぐらい合わせたらどうなの？」私が廉にそう言うと、廉は仏壇の前に行き、立ったままの姿で手を合わせる。

「ご苦労さん」小さな声で呟（つぶや）いた。

一生懸命生き抜いた父の人生が、たった一言で片付けられた。薄情な息子だったね、廉。より豊かに楽しんで生きようとした父。なのに息子は一生を無駄に生きている。

このままで本当にいいの？　いくつになったと思ってるの？　残りの人生が僅かだとしても、外に出て雨ざらしになってみなよ。

生きてる実感が得られるなら、傷ついたって苦しんだって今よりずっとマシなんじゃないの？　変わりなよ、変わらなきゃダメだよ廉！　自分がそう思わなきゃ、私はいつだって廉の味方になる、どうしてそれが分からないの？　話を聞いてよ、ちゃんと答えてよ、廉!!

いつだって一方通行のまま、これからもずっと無視され話もせずに暮らしていくしかないんだ。

私一人がどんなに右往左往してみたところで意味がなかった。そして又一日は始まる。

生きていかなきゃ、頼れる人はもう誰もいないんだから。夫と息子に迷惑はかけたくない。今の暮らしが当然と思っている廉を、絶対に甘やかさない。何もしない、するもんか。家族と同じ食事も出さない。私は決めた。

ゴミ出しも洗濯も自分で。そして廉を外に出す為に一ヶ月分の食費を渡す。廉はそれを受け入れた。

すっかり世捨て人だと思っていた廉は、身分証明の価値を未だ捨てないでいる。外の世界にまだ未練があって、いつの日かまた車を運転する日を夢見てるつもりだろうか。

滅多に外に出ない廉が、免許の更新だけは欠かさなかった。

買い物は当然歩きか自転車。時々車庫を漁って必要な材料を集めては、愛車（チャリ）の修理をしている。廉の貴重な足。

私が「どこか行きたい場所があれば車に乗せてくから」声をかけても答える事はない。食費を渡してもこずかいのようにしか思っていないのか、食料が家の中でどうにかまかなえるせいで、自分の買い物を楽しむようになった。僅かな食費……リサイクルショップでタダのような値段の服や靴、雑貨を買い、安物のアルコール飲料を飲む。二階は更に目にみえて、物であふれていった。

そう言えば、父が集めていたたくさんの時計や珀のこずかい用の貯金箱など貴重品が見当たらない。

多分廉が長男として相続したのだ。売れば少しはお金になって、いざと言う時の蓄えに備えてるのかも知れない。

廉も必死だ。

家にいる時は古びたヨレヨレの服ばかり着ている廉が、たまの外出時だけ洒落れた帽子を被り身なりをきちんと整えていく。

未だに人目を気にするなんて、ホント笑っちゃうけど。

仕事をしないで自由に暮らしていける身分ではない。

父は二軒の家を建て、呑んで遊んで趣味に充分お金を使った。田舎に住む母親や兄弟にも精一杯尽くしていた。父も母も病気をしたし余分なお金は残っていない。

私達夫婦も一人息子にかかる費用は惜しまなかった。珀の希望で十六歳から数年間、東京の俳優養生所に通う事になり、エキストラだけでも、TVドラマの再現VTR、映画や音楽のPVなどに呼んで頂いて、息子は生き生きと青春を謳歌していた。芸能人の誰と会った、女優さんの顔がりんごみたいに小さくてホントに綺麗だった、今日はこんな撮影をしたんだよと、夢中で喋る息子の楽しそうな話を聞くだけで、私も一緒に胸躍らせた。

珀、五歳

BUMP OF CHICKENの曲をいつも口ずさんで、ギターのレッスンにも通い、この頃は本当に忙しくて、珀は学校に通いながら充実した日々を過ごした。周りから、華があると言われ、この頃の珀には親のひいき目なしに人を惹きつける魅力が充分あったと思う。

でも大事にのんびり育てたせいか……特別な世界に踊り出るには、何が何でもと言った情熱や激しさが足りない。厳しい競争の世界で、良い所まではいくのに掴みきれなかったのは、人より一歩抜きん出る力と、運もなかった。

現場に行く交通費や宿泊費が実費だった為毎回費用がかさんだけれど、楽しみが勝(まさ)って大変さも苦にならない。小さな望みなら何でも叶えてあげたかった。我が子の為なら無理をしてでも応援したい。誰もが願う親心だから。

廉にかかる費用は母の年金から援助している。一日の食費はたった五百円。一食にも満たないが、それでも廉にお金の有りがたみを

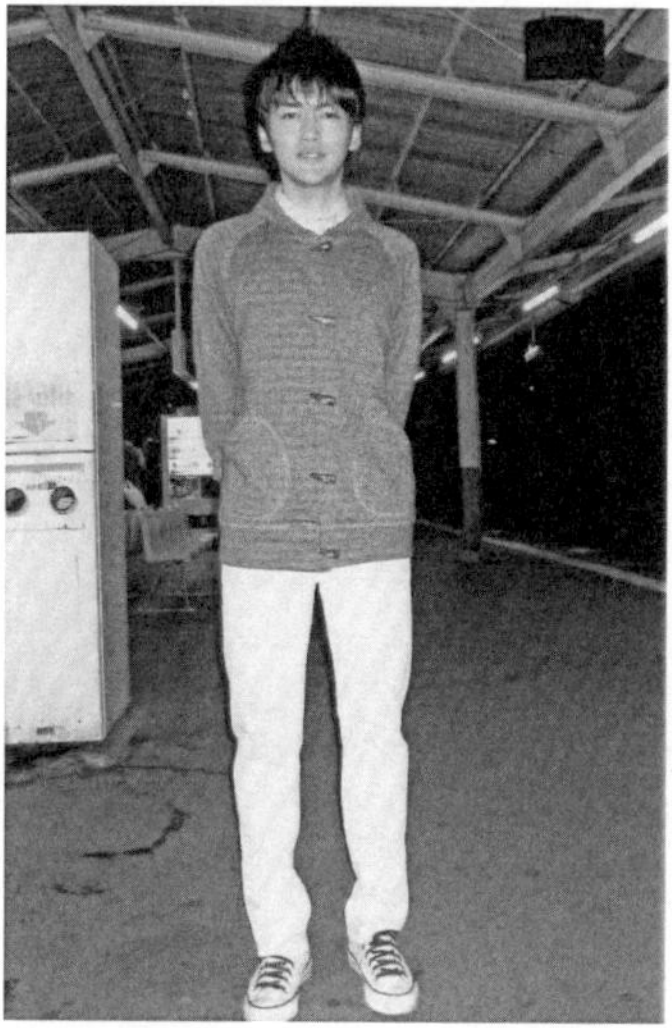

珀、十七歳

知ってほしかった。誰もがストレスを抱え働きながら生活してるのだから。

廉も生きていく。

勝手に食材を持ち出され恨めしく思いながらも、時々安くなった惣菜や果物を階段下に置き、痩せてる廉を、母の代わりに労った。


何度も何度も気に病んで、煩い程廉には声をかけてきた。

「少しずつでいいから仕事始めてみない？　一緒に職安に行ってあげるよ」

「市役所に相談に行ってみようよ、ずっとこのままって訳にはいかないでしょ」

「一度心療内科を受診して話聞いてもらわない？　保険証もあるし、嫌なの分かるけど案外行って良かったってなるかも知れないから」

何回声をかけてみたところで、無視されるだけ。私の顔を見ればそそくさと逃げていく。

廉を立ち直らせる、そんな夢はとっくに諦めたけど、廉と関わるのは私だけ、私には責任がある。

昔のように普通に会話が出来たら……

もし病気なら仕事なんかしなくたっていい、話がしたいよ、廉。

毎日何だか疲れちゃって、以前ほど何も話しかけなくなっていく。洗面所ですれ違っても互いに干渉はしない。

ただ時間だけが過ぎていった。

「こんな家じゃ友達だって呼べやしない」

私はひとり呟く。

この先私が息子に接するように、廉の面倒までみるつもりはない、私は母親じゃない。目に入れても痛くないほど大事に育てた私の一人息子。反抗期もなく優しくて育て易い子供だった。子育て中のママ友の中には、とんがった気難しい子に悩む母親もいる。そのママを気の毒に思いながらも、私は面倒がなくて良かったと隠やかなままでいられた。なのに今更廉が、反抗期の息子のようにこの家に居座って、一生私を苦しめるつもりだろうか。冗談じゃない、あんまりだよ。「因果応報」何の報いなのか。私はどんな罪を犯したというのだろう。人に気を使いながら真面目に生きてきたはずなのに……

物云わぬ神は、ずっと私に意地悪だった。

ああだこうだと騒がしいのが人の暮らし。でもその暮らしぶりは上を見ればきりがない。私より不幸な人も大勢いるだろう。でも何も持たない私はやっぱり不幸なんだと思ってしまう。

かと言って平凡な日常には、小さな幸せや喜びが探せば、いくらでも落ちていた。

たった一度の人生を、私なりに楽しみたいと願う。父と同じように。

顔さえまともに見ることもない廉の世界を知りたいとは思わない。

廉は廉、私は私。だからお願い、私の邪魔をしないで！

廉は退職後、年金を収めていない。医療保険にも入らず、親は何もしてこなかった。

同居後、私が年金免除の申請を始めたものの将来どう暮らしていけばいいのか。廉はこの先もずっと何ひとつ考えることなく、私に押し付けるはずだ、当たり前の顔をしながら。

息子の部屋になるはずだった二階の一部屋は、初めに少しいらない荷物を運び入れたきり、今は見にも行けない。ゴミ屋敷、テレビの中の人事（ひとごと）で済んだらどんなにうれしいか……。古い家だし万が一、埃（ほこり）や配線の劣化から漏電し火事にでもなったら、取り返しがつかない。毎日気になってはいても廉とぶつかる事を恐れて上にはあがらなくなっていた。物に執着する廉、母もそうだった。旅行に行くとか出会いを広げるとか、新しい事に挑戦するのもいい。出来なかったのか、しなかったのか……どんどん物が増えていく。心の隙間を埋めるかのように。

ロックせずに部屋を出るその僅かなタイミング、私はじっと〝その機会〟を待った。慎重な廉は外出はもちろん、風呂に入る時でさえドアの南京錠をロックする。

ある日廉が車庫に向かって歩いていく。（今だ！）時間はない。私は素早く二階に駆け上がり、そっとドアを引いて中を覗（のぞ）いた。

昼間でもカーテンで塞がれた薄暗い部屋。空気は淀み物であふれているものの、几帳面な廉らしく整理整頓されている。私は時計回りにゆっくりと部屋を見渡した。ありふれた物ばかりだが、確かに見覚えのある〝私と同じ物〟がそこにはあった。（おぉーっ……）好みが同じ、今も変わらず……

銅の扇風機・カーキ色のトートバック・デニムのジャンパー・マグカップ……お揃い。西陽のあたるこの部屋は元々私の部屋で、廉は長くここでくつろいだ。あの頃と印象はまるで違う。安らぎの墓場……、廉は変わった。通じ合える物はなくなり、血の繋がりだけが私を苦しめる。この部屋ごと逃げられない現実に、自分を憐んだ。廉なんかいらない、（私も親と一緒なんだ）

廉はあの時の約束をまだ覚えている。

「私が必ず守ってあげる」

身勝手を許さず〝約束を果たせ〟と、その眼が私を責めていた。

初めての恐怖

二階の狭い廊下脇に小さなトイレと洗面所がある。廉が換気もせずにここを炊事場として使ってきたせいで、床はギジギシときしみ腐敗は避けられない。更に物を溜め込みすぎて、腐った床がいつか抜け落ちるんじゃないかと本気で心配していた。

毎回同じ文句をただ言うだけのくり返し。一度くらい勇気を出して行動してみようか……。何かしなければ、何も変わらない。

買い出しで廉が出かけていくのを待って、助走体勢のまま二階に上がると、廊下に高く積み上げられたダンボールの空箱をベランダから次々外に放り投げた。急がなきゃ。ドキドキしたってスッキリする。使い回しの割り箸の束。きれいに洗ってサイズごとに重ねられたカップ麺の容器、くだらない几帳面さに腹が立った。ばかげてる、ホームレスと一緒だ。大事にされたあらゆる全ての物が、私には空間を塞ぐだけのガラクタにしか見えない。特大のゴミ袋にばんばん詰め込んで作業を進めていく。何袋かいっぱいに仕上げると部屋が少しマシになった。

まだまだ捨てられる物はいくらでもある。

自分の物となると慎重なのに、人のなら、いつだって簡単だ。片っ端から捨ててしまいたい衝動に駆られたが、廉の顔が浮かんで辛うじて踏み留まった。

私は仕事を終え普段通り定位置に戻る。強気で行くと自分に言い聞かせた、負けない。

買い物袋をぶら下げて廉が帰ってきた。当然二階の異変にすぐ様気付くと、大声で怒鳴りながら駆けおりてきた。ドドドドーッ。

「勝手に人の物に触りやがって、全部返せ、元に戻せよ！」廉は逆上し興奮している、

（ここで怯むもんか）ここまでは想定内だった。「よく言うよ、下の物だって黙って平気で

持っていくせに。人の物？　ゴミを捨てただけでしょ、それの何が悪いの！」

「ゴミなんかじゃない、俺の物だ。ふざけた事言いやがって……殺してやる、いつか絶対お前を殺してやるからな！　覚えとけっ」（……えっ殺す？　殺される!?　私が……廉に）思ってもみなかった廉の口が吐き出した狂気だった。

　私の脳や胸に刃（やいば）となって突き刺さり、身体に衝撃が走る、動けなかった。この時初めて廉が私に抱く憎悪を知った。（嘘……）

　私達二人はそういうものとは全く関係のない別の所にあると、高（たか）を括（くく）っていた。でも同居してからの廉の言動を思えば、決して勢いやはずみでない事を痛感せざるを得ない。

　この先ずっと、廉の研ぎ澄まされた言葉が、刺（とげ）となって私を苦しめるのか……。ニュースでしか目にしない事件が決して他人事（ひとごと）ではなくなった。何かある度、ヤクザのように大声で恫喝して私を怖がらせれば廉は満足するのだろうか。廉に脅されるなんて……ひとつ屋根の下、二人きりになる事が恐怖になった。

　一方的に話しかけていた私の言葉は、廉をただ苛つかせただけで、無防備に刺激した私のせいだ。この日以来、父のゴルフクラブを側に置いた。いつ襲われても自分を守れるように時々その位置を確かめながら。

　お金だけが全てじゃない。そんな事は誰でも分かっている。でもお金に余裕のない暮らしは自身の欠点となってその姿をさらけ出す。これは真実の姿じゃないんだとどんなに言い訳した所で、染みついたその見た目は誤魔化せない。この姿こそ、日々積み重ねてきた

〝全て〟なのだから。

人は最後に残る姿が一番大事だというのに。テレビの情報だけを頼りに一日を、一年を過ごすだけの廉に、再起のチャンスなどどこにあるだろう。

三十年だよ廉、しくじったね廉。こんなはずじゃなかったと今更嘆いてみた所で、何もかもおしまい。若く素晴らしい時を少しずつ無駄に捨ててしまった。怯えながらただ息を潜めて、どんより静かに。

夢の中で幼い廉が私に言った。「凜、僕を捨てるの？」

捨てたりなんかしない、捨てる訳がない。廉を捨てるなんて……自分を捨てるのと同じなんだから！

うなされて夢から覚めた。廉を捨ててしまいたい、もしそれが本当に出来るなら…

母・認知症とその介護

脳梗塞の手術後、母は長い鬱状態にいた。父がいた頃は戸を閉め切ったまま心を閉ざし部屋にこもる暮らしが続く。父は側にいて安らげるタイプではない、せっかちでせわしない言動を母は全身で拒絶していた。「寝てばかりいるな」と布団を剝ぐ。元の可愛い母に少しでも戻ってほしくて、嫌がる母を週三回、デイサービスに通わせていた。父の死後、相性の良い私との同居は、痩せてる母をどんどん元気にしていく。単身赴任で夫が不在だった事も幸いし、母と娘は気楽に過ごした。

　人付き合いの苦手な母にとってデイサービス通いは苦痛でしかない。片胸のない母。流れ作業のように、男性が老人達を次々と洗い流していく、お風呂が嫌だと言って泣いた。

「お母さん、そんなに嫌なら全部やめちゃえ、もう行かなくて良いよ」

　父の最後は透析をしていた為好きな物も食べさせてあげられず、生きる為の気力はどんどん削がれていった。それでも私は大事な命の為にうるさく言うしかなくて……なのに我慢してがまんして、生き延びた命はほんの僅か、大きな後悔と父への懺悔だけが残った。

　だから母には好きな物を食べさせよう、たとえ寿命が縮んだって構わない。「お母さん、今日は何食べる？」

　昔免許を持たない母は帽子を被り自転車でどこでも出かけて行った。汗をかいて風を切って自転車を漕ぐ。足だけは丈夫なはずだった。

　今では足が弱ってしまい母は上手に歩けない。庭におりる事もなくなり、白内障のせいで好きなテレビも楽しめなくなった。その結果ぷくぷくと丸くなり糖尿病の薬が増えて……ごめんねお母さん、自分の健康管理もままならない。良妻賢母・糟糠の妻とは程遠く、憧れたって素質がなければ仕方ない。居心地の良いその他大勢の普通で満足。

少しずつ、母との会話がずれていった。（あれ、おかしいな）と感じてもしばらくはそれがまだ面白くて、笑い話ですんでいた。時々私の事を〝お母さん〟や〝お姉さん〟と呼び、母は自分が娘時代に戻って穏やかに夢から覚める。

〈母〉「お母さん、もう畑には行ってきたのですか？」〈凜〉「家に畑はございませんの。残念だけど」みんなで朝食、ボケ防止の為毎日の質問、珀を指さし「お母さん、この子はいくつ？」〈母〉「ええっとぉ、ここのつ（九歳）！」……ハハハハッ（笑）もう二十五歳、大人だよ。

うちは冷蔵庫が台所と別の場所にある為、朝は特に私が家中ばたばたと慌ただしく走り回る。〈母〉「この家には小さい子供がいるんだねぇ、まあうるさい事」（私ですけどおー）

夏、私が仕事から戻ると、私が着ている花柄のブラウスが欲しいと言った。汗かいてるけどまぁいいか。〝いいよ〟とその場で脱いで母に着せる。「ありがとう」うちの可愛い母は、にこにこ笑顔で本当に嬉しそう。母がご機嫌なら、私も幸せ。

兎年の私はウサギが大好き。子供の頃、廉と一緒にオスとメス、双子の兎を育てて可愛いがっていた。学校に行く前毎朝二人でせっせと外に走り出し朝食用の大葉を探した。

千円程のメタルの小さなウサギの置物がある。母が欲しいと言うので、「いいよ、これいくらしたと思う？」〈母〉「うーん……三〇〇万円？」ワッハハー（笑）～もうお母さんたら、可愛すぎる。

時々亡くなった父を思い出しては「凜、自衛隊に電話して、お父さんに早く帰るよう言って頂だい」〈凜〉「お母さん、お父さんは死んじゃったじゃないー」〈母〉「う、うそおぉ〜〜」悲しい話で終わらない、まるでコントだ。このやり取り、何度もしてるから、お母さん♡

息子が外出時、玄関から珀の叫び声が。「俺のエアフォースワン（シューズ）がない!!」〈凜〉「そんな訳ないでしょ、よく探してみて？　置いた場所、違ってない？」（まさかっ……）そう、そのまさか。犯人は母だった。母の持ち物の中を探すと案の定、真っ白のシューズが。お母さーん。〈母〉「珀のだったのかい？　きれいな靴だから私が履こうと思ってもらったんだよ」

珀は時々テレビにＵＳＢを繋げて、美空ひばりや石川さゆり、都はるみ、八代亜紀など、懐かしい〝演歌ショー〟を見せて、母を喜ばせてくれた。優しい息子、珀。

ボケて尚、いまだに世間体を気にする母は、近所の人の目が気になると言って散歩も嫌がった。母の調子が良い時は車に乗せてドライブ、桜が満開になる季節は、どうしても母を外に連れ出したくて出かけるものの、楽しめずにソワソワ落ち着かなくて、早く家に帰りたがった。もう何年も母と外食や買い物をしていない、母が嫌がるから。出かけるのは月に一度の病院だけになっていた。

時々母はお金をくれと言った。気持ちはよく分かる、お金がないと誰しも不安だ。千円札と小銭をたくさん入れた財布を渡すと喜んでくれるものの、後で必ず騒ぎになった。心配であちこち隠す場所を変えてく内に、どこにしまったか忘れてしまうのだ。また始まった。「私のお金が盗まれた」

見つかるまで気に病んでずっと煩(うるさ)いままなので、珀と二人で必死に探す、たとえ夜中でも、見つかると母は安心して眠りについた。

息子と二人で、今日は映画でも見に行こうと支度を始めると、決まって母の機嫌が悪くなる。急に我がままになって、頭が痛い、胸が苦しいと外出を阻止しようと必死だ。だよね、置いてかれるのは嫌だよね、でも映画見れないじゃん。あれこれなだめてお留守番。お土産買ってくるから許してね、お母さん。

月に一度の病院通いもとうとうサボるようになり、訪問診療に切り替えた。人見知りの母はきっと慣れるまで大変だ。唯一の外出もなくなって大丈夫かな……少し不安。

訪問診療も初めは慣れずに、母は緊張して目も合わさなかった。でも私は安心だ、夜中、母に万が一の事が起きても、すぐに来てもらえる。認知症と診断されたのもこの頃、母は良い時と悪い時を繰り返していた。良い時の母は本当に可愛いおばあちゃん。でも悪い時は手に負えない。どこにそんな力強さが隠れているのか、言葉は乱暴で目はぎらつき狂気を帯びている。圧倒的弱者の母に対して、本来私が折れるべきなのに、言動があまりにおかしくて負けてもいられずケンカになった。本性をむき出しにする愚かな母に、こうして幾度となく煩わされ悩まされるようになっていく。

単身赴任を終え、夫が自宅に戻ってくると状況は更に悪化、夫の事が認識出来ない。何回説明してもすぐ忘れてしまい母はストレスを抱え暴走する。よそよそしく振る舞う夫に度々悪態をついた。

〈母〉「勝手に人の家に居すわられては困ります、早く出て行って下さい」夫も気の毒だ。理解はしてくれていても、毎回義母に責められたら気分も悪いはず、私は謝るしかなかった。父が亡くなってから、母と私は一緒の部屋で過ごすようになる。夜中に私を起こすと、口を尖らせヒステリックに叫んだ。〈母〉「凜、早く起きな。隣の部屋に変なおじやんが寝てるんだよ、早く帰ってもらっておくれ」頑固者に成り下がった母は一度言い出したら絶対引かない。私の旦那さんだよ、珀のパパでしょ、どんなに説明しても私を嘘つき女と罵って言い争いが朝まで続く、昼間よく寝る母は夜になると冴えていた。昼夜ない暮らしが続き私はふらふらだ。ちっとも痩せやしないけど。玄関に自衛官のブーツが二足、どちらも夫の物だ。それを母が目にして、

「部屋に二人も連れ込んで全く冗談じゃないよ。これじゃ水道代も電気代もばかにならないじゃないか。私に挨拶もないなんて、ここは私の家なんだ。身勝手な奴らを泊まらせる訳にはいかないからね！」

　あの優しかった母とは思えない程、傲慢で下品だった。こうなる老人がいる事は承知の上だが、それが我が家でおきている。思い込みの激しさと決めつける癖は元々あった。感情を抑えつける事の多い暮らしだったせいか、次から次へと不満を吐き出していく。昔、父と喧嘩をするとガチャガチャ音を出しながら、お鍋を磨いたり掃除を始めた母。子供心に母のストレスや怒りが読み取れて気の毒だった。年老いたら尚更気持ちも体も辛いと思

う。ある時期から、母の関心事は洗濯物に集中する。カート下に干した服を窓から見張る毎日が続いた。そして私が帰宅すると「服が盗まれた」と騒ぎ出す。母の幼少期は当然物のない時代、姉妹の多かった母は何も買ってもらえなかったとぼやきながら。父のボーナスが出る度に、デパートに行き存分に買い物を楽しんだ。バーゲンのワンピースにコート、靴やスカーフ。六畳の一間は、何十年と繰り返し買い続けた母の物で溢れていた。

きれい好きなのに片付けが苦手な母は、無造作に秩序なく何もかも部屋に積め込んでいく。タンスや引き出しの中は、タグが付いたままの婦人服や子供服がいくらでも出てきた。買うだけで満足しタンスに仕舞ってはい、おしまい。買い物は自由だ。無駄とまでは言わないけれど……着る機会を失くした服たちは、タンスの肥やしとなって、劣化しながら今も眠り続ける。〝子供に着せたくて買ってくるんじゃないの?〟自己満足だけだなんて……黄ばんだレースのブラウスを手にとって、少しだけ母を恨んだ。

母、八十五歳

二ヶ月は続いた洗濯物を巡る母娘対決。

〈母〉「お前があんな狙われやすくて目立つ場所に干したりするから、泥棒に持っていかれるんだよ、干す場所を目立たない所に早く変えてくれ」外には泥棒がたくさんいて家の衣類を狙っているんだと母は言う。盗られてる事に気付きもしないでお前がトロくさくてばかだから、向こうに言いようにつけ込まれるんだと、私を罵倒した。こんなつまらない事に気を揉む母が気の毒だった。洗濯物を干して私が出かけると、母は不自由な足で濡れたままの服を一つ二つ落としながら取り込んでしまう。又洗い直しだ。しばらく母の為に部屋干しに変えてもみたが、やはり匂いが残り断念した。部屋干し用の洗剤も天日干しにはかなわない。攻撃的なこんな時の母の目は、突き刺すように睨みを利かせギラギラしてる、とても八十代のお婆さんとは思えない。獲物を見るかのように窓の外を見張って、杖で突きさし威嚇するのだ。いつの間にかあちこちのガラス窓はヒビが割れていた。〈凜〉「お母さん、ガラスを交換するのにいくらかかると思ってるの？　大体家に高い服なんて一枚もないんだから、盗られたって構わないじゃない！」〈母〉「私じゃない、ガラス窓の事なんて知らないよ。それに服を盗られてもいいなんて、お前のその根性が気に入らないんだ。いい加減にしておくれ！」窓のヒビ割れを見ながら私はふぅーと溜息をつく。

次の日、今度は家の電気が毎日盗まれていくと言い出した。裏のアパートに住む男と女で、顔も知っている、その二人組の仕業だと言ってきかない。適当にあしらい放っておいたら、母の杖によって外の電気カバーが全て壊されていた。無駄だと分かっているのに、勢いに任せ母を問いつめてしまう。〈母〉「私の訳がない、電気を盗んでる奴らが壊したに決まってるだろっ」頑固は承知してるがこんなに強気で乱暴な母は、まるで別人格が憑(ひょう)依(い)しているかのようで、むしろたくましくさえ感じた。弱々しいよりずっとましだ。人間の底力を知るも母は相当ストレスに晒(さら)されているようで心配になる。食欲旺盛も頼もしいが、食べた事をすぐに忘れ、その度にケンカが始まる。よく耳にする話だった。

「凜、お腹がすいたよ、何か食べさせて、ダメ？　ねえダメなの？」そう言って一時間もしゃべり続ける。夜中の二時だ、たまらない。お母さんお願いだから寝かせて。夕飯何も食べさせてもらえないと言って泣きながら訴える母。これが嫁なら相当きつい。私は娘で幸い。遠慮なく何でも言い合って容赦なく「今はダメ、もう少しだから朝まで待って」別の日、夜中に母がガサゴソ何かを食べていた。気配には気付いてもよくある事と放っておいたら突然……ゲホゲホッ、ヒイヒーッ、バタバタ……その異変にすぐ様飛び起きて「お母さん！　どうした!?　何事！」みかんの薄皮が喉に詰まって息が出来ない。私は慌てて背中をバンバン叩きながら叫んだ。「どうしよう、大変、お願い、出してっ！」ゴホッゴホ、ケプッ…。ふぅ〜……良かった、取れた〜。「お母さん、今何時だと思ってるの？夜中に何でも勝手に食べないでっ！」もぉ焦ったぁ。

　あれは出来ない、これも無理、そう言って私に甘える割に、私が留守の間、母はあちこち動き回った気配を残す。結構やれば何でも出来るんじゃないかと、いいような悪いような。転ばなきゃいいけど、私は苦笑い。ふと人生の侘び寂びを噛締(かみし)める。ただ笑い事ではすまない、昔を思い出して本能のまま〝仕事〟をする母が、留守中火事でも起こせば取り返しがつかない。電子レンジさえ使えなくなった母にガス台だけは触らないよう、口うるさく注意して、言い聞かせたつもりだった。

ある日仕事から戻ると、(うん? 何か焦げ臭い!?)母がソワソワいつもと様子が違う。「凜ちゃん、ごめん許して」買ったばかりの電気ケトルがガスコンロの火にかけられ、半分底が溶けてなくなっていた。「お母さん、火使ったの、何で!? あれ程ダメって言ったじゃない〜〜!」無事で良かった、落ち着け自分。大丈夫、電気ケトルはまた買えばいい。火事にならなくて、お母さんが無事で、本当に良かった。お湯を沸かして温かいお茶が飲みたかったと母が。ごめんねお母さん、私が悪かった。

押し車があれば歩けるが長患いのせいか杖が上手く使えない。体幹が弱いのにせっかちな母は、一か八かで歩くからふらついてカーテンにしがみ付き、何度となく引きちぎっていた。カーテンを破くくらいならまだマシだ。くらっと目眩がして倒れたはずみに、一度めは手首を、二度めは痛めた手首をかばって肩を、骨折してしまった。痛みも酷くションボリ落ち込む母の姿は、更に一回り小さく見える。病院も半日がかりで一週間は夜も眠れず、本当に辛かった、母も私も。痛み止めがきれると痛い痛いと母が泣いている。ごめんね、お母さん……。骨折して動けない間に更に筋力が衰えてもっと不自由になった。私が気にかけて早めのリハビリをしていたらと、後悔ばかりだ。

外出する時、普段出入りする入り口だけは鍵を閉めない。母と廉。電話に出る事も、訪問者と関わる事も、しない二人のお留守番。母は昔からの習慣で、暗くなると外灯をつけ戸閉まりの確認を始める。その時、無意識にロックをかける事が度々あって、私達は何度となく締め出しをくった。「お母さ～ん、鍵開けてー」トントンしながら大声を出すと、母が足を引きずりながら必死になってカチャカチャ開けてくれる日もあれば、何回呼びかけても反応しない日もあった。部屋の奥からか細い声が聞こえる。「無理だよ、そこまで歩けない。今日はどっかに泊まってくればいいだろう」

（う、うそ～！）諦めて息子の帰りを待つ。幸い今夜は月明かりがそれはきれいで、縁側に腰かけて月を眺めた。風流だ。涼しくなり始め、蚊に刺される心配もなさそう。子供の頃簾と二人、月を見ながらウサギを探した。二人のウサギはいつの日か月に帰る日を夢みながら。

息子が戻りあちこちのドアや窓を調べると一ヶ所だけ出窓の鍵が開いている、そこから珀が入り込み無事ことなきを得た。鍵屋さんを呼ぶか、窓を割る事さえ覚悟したので一安心。

やれやれ……母を責めても仕方がない。ただ珍しく、階段下から二階の廉に向かって、珀が声をはり上げた。「伯父さん！　外から声が聞こえたら、ドアぐらい開け（あ）に下に降りてきて下さい！」

〝家に帰りたい〟はずっと母の口癖だ。ある日私のケータイが鳴る。生まれて初めて、警察からの電話だった。母を保護してるのですぐ帰宅して下さいとの事。向かいの家の玄関に腰かけていた所、通報されたらしい。ご近所付き合いも挨拶程度で、家にこもる母の顔を知らなくても当然だ。心臓をドキドキさせながら慌てて家に戻った。頭を何度も下げて事情を説明し書類にサインする。パトカーをじっくり眺める余裕もなかった。母はもう何だかフラフラのヨレヨレだ。又今日に限って何て酷い格好なの……右と左のくつ下もちぐはぐだった。勇ましいのは有難いがこの先母を一人に出来るだろうか、二階の廉は役立たずで途方に暮れた。案の定この後も押し車を頼りに二度の脱走を試みている。普段は足も弱々しくてやっと動かす状態なのに。（家に帰ろう、帰らなければ）一途にその思いに囚われてひたすら必死に、母は夢中で押し車を前に進める。

母の気のすむようにさせてみようと後をつけ見守る私。母のその姿はまるでアスリートのように、タッタ、タッタ……黙々と実家を目指した。「ここは自分の家じゃない、家に帰りたいの！　凜、家まで送って、私を家に帰してよ」夜中眠れなかったり突然不安になると決まって「家に帰る」と言い張り、荷物を袋に詰め出した。自分が元気で若かったあの懐かしい時代に戻りたいんだね。家に帰ればこの衰えた辛い身体から解放されると信じているかのように。こんなにも故郷に恋焦がれる母の願いを、出来るなら叶えてあげたい。でも実家は古く今は人も住めない。近くに妹達はいてもあまりにも遠すぎた。ごめんねお母さん……「足が良くなってもう少し暖かくなったら一緒に行こうね」憮然とした表情のまま母は諦め切れず、私に怒っていた。何をどう説得した所で、又帽子を被り押し車に布袋をくくりつけ、母は出て行こうとする。転んでケガでもしたら大変だから、私と息子は必死に止めて最後はいつもケンカになった。結局息子が母を車に乗せて祖母と孫二人で夜中のドライブ。行く宛もなく〝母の家〟も見つからず、町内を一周～二周して、どこにも辿り着けずに疲れて帰ってくる。散々私達を振り回した母は、悪びれもせず、「やっぱり帰るの明日にするわ」気がすんで眠りに落ちた。こんな日を何回くり返した事だろう。私はしんどくても、昼間ぐっすり休める母は、夜になるとやたらと元気だった。

　母と二人、テレビを見ていると、母がふと力強い口調で私に言った。「凜には一番世話になったね、今までありがとう」〈凜〉「どう致しまして、こちらこそありがとう。で、どこかにお出かけ？」〈母〉「どこかって、死んであの世に決まってるだろ」〈凜〉「えっ、もう行っちゃうの？　どうぞお達者でネ」〈母〉「でも一人じゃ寂しいから凜も早く来てよね」……〈凜〉「う、うんっ。でもさ、あっちにはお父さんがいるじゃない？」〈母〉「ダメ、お父さんの顔なんて忘れちゃったから」

　夜布団の中、母がまた眠れないと言う。〈母〉「凜、何か歌ってよ」〈凜〉「いいよ、うーん、誰にしようかな」石川さゆりの津軽海峡～を私が歌いはじめると、歯のない母が何と一緒に歌いはじめた！　母と娘のハーモニー。（母の歌声！）何十年振りに聞いただろう、子供の頃忙しく家事をしながら、母はその可愛らしい声でよく鼻歌を歌っていた。うれしくて楽しくて幸せで……胸に刻む初めてのデュエット。母と口ずさんだこの夜の事、一生忘れない、覚えておくね。二曲目は森昌子の越冬つばめ（ヒュルリ〜ヒュルリララ〜♪）私が「お母さんよく覚えてるね、偉いね」そう言うと母は天井に向かって大声で叫んだ。「凜ありがとう。まだまだ頑張って生きるぞ、豊川（実家、愛知県）大好き。早く帰りたい、絶対帰るからみんな待っててネー！」母の勇ましい声を聞きながら、廉が〝メリークリスマス〟と叫んだあの日の声をふと思い出していた。

私は子供の頃から虫や昆虫がどうにも苦手で、ゴキブリやナメクジなどと遭遇すると、キャーキャー騒いで母に助けを求める。小柄できゃしゃなのに、こんな時の母は実に頼もしかった。テキパキ敵を退治していつも私を安心させる。この〝守られる感覚〟は幸福そのもの。それが今でも身についているのか、畳の部屋で不意打ちのカナブンに私が驚くと、すぐには動けないはずの母が、咄嗟に体を起こし手を伸ばそうとした。「お母さん、危ない」……私を助けようとするその仕草に、忘れていたぬくもりを感じ、瞬時に癒された。なつかしい感覚。世話するばかりではなかったと昔を想う。両親のおかげで今の私がいる。私はつくづく本当に小さな世界で生きているんだ。そして私の喜びは、何て安上がりなんだろう、と、自分を誉めた。

トイレで珀とすれ違い、母は頭を下げた。「お邪魔してます」ふふふ。（自分のうちでしょ）トイレで夫とすれ違い、母は言った。「あっ岡本さん（父の親友）こんにちは」久々に聞く懐かしい名前に私はつい吹き出して大笑いした。

「パパだよ、パパ。凜の旦那さん」

「そうかい、それはどうも。ご無沙汰してます」ふふふふっ。

昨夜母は、亡くなった父の夢を見たと言う、久し振りに会えたといって嬉しそうだった。どんな夢かを一通り聞きおえると、最後に私は母に釘をさした。「いい？　お母さん。もしお父さんがこっちにおいでって手招きして呼んだって、絶対ついてっちゃダメだからね」〈母〉「はい、分かりました」

お父さん、いつも家族を見守ってくれてありがとう。どうかもう暫くお母さんを私の側にいさせて下さい。

「家に帰りたい」母の願いはずっと続く。昔の輝いていた自分にかえりたい一心で。〈母〉「今日裏の畑のイチジクを見に行きたいんだけど、行ってもいい？」昔、母の実家にはイチジクの木があった。〈凜〉「一緒に行ってあげたいけど、今日は仕事で無理だから今度にしようね」母はすぐに忘れる、何でも。だから強い口調で何度も念を押した。〈凜〉「お母さん良く聞いて、いい？　危ないから一人で外に出ちゃ絶対ダメだよ、分かった？」〈母〉「分かってるよ、足が悪いのに行ける訳ないでしょ」私が支度の為ちょっと目を離したすきに……あれっその姿？　いつの間に！　帽子を被り上着まではおってるじゃない。お母さーん、勘弁してよ～～、出かける気満々じゃないの……。無駄と知りつつ、一応毎回、留守にする度二階に声をかける。

「出かけるから時々お母さんの様子見て頂だいネ」下が留守になれば、廉は必ずお風呂に入る為下に降りてくる。母が時々おかしな事を言い出して困らせる事はよくあった。何度も何度も同じ話をくり返すので、いい加減黙ってほしいと耳を塞(ふさ)ぐ日もある。まさかと思いながら不安がよぎる。私が留守の間に認知症の母に廉が暴力を？　帰宅した私に、母が何度となく愚痴をこぼすのを聞きながら、初めの内は廉が母に手を上げるなんてそんなはずはない、本気にしていなかった。でも廉にひどい事を言われて頭をこずかれたと、怒りながら私に訴える母。いつもの妄想であってほしいと願った。

「本当に廉がそんな事をしたの？　それは大変、ごめんね、痛かった？　私が後で廉を叱っておくから許してね」

廉を信じたい。だけど現に私を殺すと言った。父を恐れていた廉も、母の事は日頃からどこか見下すような所があった。本来、大事に育てられた男子はそう言った生き物かも知れない。女親には何を言っても何をしても許されると思っている節がある。甘えているのだ、長い歴史もそう語っている。男尊女卑〜力を持つ者が優位に立ち、女は見下されてきた。だとしても、弱い母に手を上げるなんて……もしそれが本当なら、許せない！　この先頼りの母が死んでしまっても、母の代わりに次は私を盾にして、この粗末な暮らしを続けるつもりなんだ。卑怯者！

母は少しずつ、出来てあたり前の事が出来なくなっていく。自力でトイレに行けなくなり着がえはもちろん、とうとう一人では歩けなくなった。

良い時と悪い時をくり返す日々。良い日の母は笑顔やしぐさが本当に愛らしくて、私も嬉しくなる。悪い日は生気がなく辛い苦しい助けてくれと繰り返し言い続けた。食事もろくにとれない日が続くとこのまま母の電池が切れてしまいそうで、不安だった。〝その時〟が近づいている。誰もが辿る道だとしても、覚悟も準備もまだだから、まだしばらくどうかこのまま……。弱々しい母を見るのは辛い。むしろおかしな事を言って困らせてもケンカになっても、悪態をつく母の方がまだマシだから。

この数年〜親を探す子供のように母ほど私を必要とし、私の名前を呼ぶ人は他にはいない。煩わしい反面、それは私にとって幸せでもあった。私を毎日「お母さん」と呼ぶ母。珀の母ではなく、自分の母親として。

たとえ寝たきりになっても側にいてほしい。一日でも長く……私にとって母は、何も考えずただ言いたい事を言って甘えられる〝唯一無二〟の愛しい存在だから。

毎日毎日、泣いて笑って怒ったり喧嘩したり、でも最後は互いを労り、大切に思い合ってきた。〈ごめんね〉〈ありがとう〉感謝の気持ちをくり返す。子供時代よりも深く、親子の絆を確かめながら。

認知症と診断された時「すでにカウントダウンは始まっていますよ」先生がそう言った。ここがどこなのか、自分が誰なのか、時々分からなくなって怖いんだと母が言う。人間は少しずつ壊れていくんだ。食事がとれなくなり痩せ細って動けなくなっていく。いつか私も、廉も。あとどのくらい母の寿命が残っているのか分からない。でも大丈夫だから。何も心配しなくていいからね、私がついてる。最後まで娘の努めを果たすから、安心してね、大好きな私のお母さん。

幼い子にとって母親はこの世のすべてだ。今こうして〝お母さん〟と私を呼び、恋しがる母。いつの世も不変にくり返される〝愛〟だった。

夫のこと

夫は幼少期から苦労し、甘やかされる事なく男手ひとつで育てられた、逞(たくま)しい人だ。

私には何故か、元々持っている不幸体質のせいで、影のある人に惹かれ自ら引き寄せてしまう傾向があった。そんな器量もないくせに〝この人の力になりたい〟と愛が何かも分からずに、意識してしまうのだ。この人を守りたい、そう思って結婚したのだから、今更幸せにしてもらえなかったと文句を言っても始まらない。

例えば買い物、よその夫婦が羨ましかった。夫は買い物が嫌いだ。私はゆっくり色々見て回りたくても、夫は必要な物さえ買えばすぐ帰りたい。互いに気を遣い、私達は買い物を楽しめる夫婦ではなかった。夫は実家での同居をすんなり受け入れてくれた。私の家族が夫の負担になる事はなかったが、夫は言う。「お義兄さんはいいよな、働かなくても食っていけるんだから」嫌味ではない、今ある現実を呟いてみせた。〝紆余曲折〟他(よそ)の夫婦と同じように家(うち)も色々あった。会話の相性も悪く、はた目からは分からないどこかひねくれた物の捉え方をする夫と話がかみ合わない。結婚してからの口癖は「ねえ聞いてる?」返事がなかったりLINEの返しがないのを不満に思う事はぜいたくだろうか。結婚当初から抱えた不安、何もかも思いが違う。振り返って今思うのは、私の、夫に求める理想や押し付けが、彼には負担でしかなかったという事。頼りない夫にしてしまったのも私の責任だと思う。私には年下夫を支えるだけの包容力も、忍耐も足りなかった。

お酒をのんでいる時以外は無口で、そもそも話し合う事を嫌った。私はお酒をのまない。私一人がどんなに望んでも、寄り添う気持ちのない夫と心を通わせる事など無理だと悟る。息子だけが、私の全てになった。お酒にのまれて「お前の言動が気にいらない」と家で暴れて物を壊した時も、息子を想って黙って耐えた。悪い時ばかりではもちろんなかったけれど、彼の粗暴な態度や言葉づかいに傷つく事も多く、この結婚生活に失望したのも現実、多くを諦めてきたような気がする。

家族と温泉旅行をした事もない。人が楽しみに待ちわびる長い休暇も、私にとって憂鬱でしかなかった。「俺の人生たかが知れてる」そううそぶき、ふてくされながら共に暮らす夫。

夫にも当然私に不満があって、かろうじてお互いが踏みとどまっている。良い妻になろうと努力もしなくなった。二人がどう向き合っても理想の未来や、楽しい人生など送れるはずがないと日々の暮らしが私に言うから。

仕事には熱心な夫も、家や生活には全く関心がなく、いつだって人任せ。私から見れば面倒な事からいつも逃げている。問題があれば当然私が責められた。五歳上の私は妻というより母親だ。夫も又結婚と同時に私に理想を委（ゆだ）ね、言わずとも〝良いように〟事を進めてくれと望んでいた。はなから説教ならうんざりだといった態度で身構えている。大抵望む答えは返ってこない、容赦なくせかされる会話は長く続かなかった。要領の悪い私にも責任はあるが、こうして少しずつ頑なになっていく私の物言いに、夫も苛立ちと不満を募らせ、不機嫌をくり返した。ここに安らぎは生まれない。頼れない夫とけむたい嫁。格好いい男にも可愛い女にもなれず、長年人様には見えない不仲が続く。それでも経済力のない私は夫に頼るしかない、どんなに情けなくても。息子を片親にしたくなかった。夫の息子を想う気持ちだけは、私と何ら変わらない事を知っているから。自分がどんなに腹立たしくても、守らなければ……息子とこの暮らしを。家族旅行の計画をたて息子の思い出を増やす、そんな家庭は造れなかった。何度か提案もしてみたけれど「そんな近場に行ってどうする」「休みの予定が立たない」その都度却下された。記念日や誕生日も特別な祝いの日にはならない。一人で盛り上がっても虚しさだけが残る。

　夫から大切にされる女性を見ると、何故自分は違うのかと妬ましかった。

自由にさせてやって大切にしてない訳じゃない。夫はきっとそう言うはずだ。

　理想の暮らしに近づけず、こんな人生になったのも全て至らない自分のせいだ。私を守る両親や夫であってほしいと強く願っても、欲しい物はいつだって、手に入らなかった。

　夫との会話がエスカレートすると、年上女に言い負けまいと強気になる夫。スポーツじゃない、勝ち負けじゃないのに。穏やかな言い合いにはならず、無神経なその言葉に私はいつも心が折れて、何を言っても無駄な気がした。

ある日納戸のすみでネズミを見つけた私はきゃあー。夫の元へ走った。〈夫〉「ネズミぐらいでガタガタ騒ぐな！」冷たくそう言い放った。年をとるって惨めだ、夫の言葉に私は何だか悲しくなってポロポロ涙があふれた。たかがネズミ、そうだけど。確かに大袈裟だったけど……妻へのほんの僅かな思いやりさえなくしてしまったと気付いたから。機嫌が悪い時の夫は用を伝えに言っても、自分の部屋からシッシッ！　の手振りで私を追い払った。私の自尊心は小さくヒビ割れていく、何もかも合わない二人だった。

誠実とは自分の言った言葉に責任を持つ事だと思う。たとえどんな些細な約束であっても……。あやふやな夫が私をうるさくて面倒な女にしていく。二十数年も一緒に暮らしながら、一つ一つ積み重ねられるはずの信頼が、私達夫婦には少ない。息子の存在だけが二人をかろうじて繋ぎ止めていた。

でもどうしても最後まで私が引かない時、結局いつも夫が折れてくれて、今の暮らしが続いてきた。分かりづらくても、夫の根底に根づく優しさに今も支えられている。

取りこぼされた女性としての私

男性もあたり前に家事を分担する時代になった。我が家はまだ昭和のまま雑務は全て私の役割。

評価は薄くても欠けたら困る、貴重な労働力だった。若い内は体も自由に動き、何でもすすんで引き受けた。ジェンダーを口にする今ともまだ違う。父の病院通いの付き添いや書類の提出、母の身の回りの世話、扇風機ファンヒーターの交換、灯油の補充、ゴミ出し、回覧板、洗濯、買い物、掃除に片付け、時々庭の草取りもして、雑用はきりがない。

この十五年は病気がちの母の為、友達との旅行もしなかった。家を明るくするのは私の役目、文句は言っても家事をこなす。外から見れば日常はどこも似たりよったりで他愛のないもの。些細な事に一喜一憂を繰り返しながら。

元気なら淡々とこなせる家事も、体調の悪い日は気も重い。今日はやりたくない、そう思っても、代わってくれる私のコピーなどいるはずもない。家にいても孤独だった。時々息が詰まりそうになる。（誰か、私を助けて…）そっと呟く。夫は無愛想な人。昔はそれを男らしいと思ったりした。長く一緒にいる夫婦なら言わなくても分かるだろう、そう怒（おこ）られた事がある。言ってくれなきゃ分からない。会話も少なく言葉が足りない分、お互い分かり合おうとさえしなくなっていく。

私は彼を刺激しないように顔色をうかがいながら、言葉を選んで暮らしてきた。二十年、二十年もの月日は私にシワを刻み、白髪を増やした。黒の喪服をまといながら、静かにじっと勘えるだけの日々。

どこの夫婦もこんなものだと割り切っても消えない痛み。まさかと思いながら夫の浮気を疑ってみたりした。悶々と、人に話す事さえ出来ずに葛藤の日々は続く、老いていくばかりの自分が憐れだった。朝になればまた一日が始まる。勇気を出して夫に問いただしてみようか。でもヘタに騒げば全てを失いそうで、大人の顔で平静を装う。自問自答を繰り返し一年、又一年……。世の中はめまぐるしく加速し変化を遂げた。私だけが何一つ変われないまま〝自分〟を諦めていく。今更振り返っても自分に腹を立てても手遅れなのに。

孤独でない訳がなかった。与えるばかりの暮らしに思える。心が疲弊しいつだって泣きそうだった。

年寄りが涙もろいのは、案外、皆同じ感傷かも知れない。本当にあっという間だ。若い頃、自分が年をとる姿など想像もしなかった。人生はなんて短く、儚いんだろう。死に急がなくても死はすでに、手の届くところにぼんやり見えてくる。

息子の存在は乾いた私を豊かに潤し、立派とは程遠いけれど、母になれて幸せだった。子供が手を離れた今、ゆっくりと自分を見つめる。高齢化社会、まだまだ働き手となって生活を支えなければならない。迷いばかりの中でそれでも懸命に生きてきた、そう自分